Contents

宮廷のビーストマスター、幼馴染だった隣国の王子様に引き抜かれる
～私はもう用済みですか？　だったらぜひ追放してください!～

日之影ソラ

PASH!文庫

プロローグ

調教、召喚、憑依《ひょうい》。

人間が異なる生物を使役する方法は大きくこの三つである。

それぞれに異なる才能を必要として、そのうち一つでも適性を持っていれば、才能ある者として期待される。

二つに適性がある者は天才だと誰もが認めるだろう。

そして——

三つすべてに適性を持つ者は、天才の中の天才。

真に選ばれし者。規格外、例外なく世に名を遺《のこ》すであろう存在を、人々は敬意を表してこう呼ぶ。

——【ビーストマスター】

その称号を持つ者は、長い人類史の中でも数えられる程度しか存在しない。世界に存在する多くの国々にとって、魔獣や聖霊を使役できる者たちの存在は重要であった。なぜなら現代において、彼らが使役する生物たちの力こそが、その国の力の象徴だから。

ビーストマスターがいる国は、どの国からも一目置かれる。

場面によっては、国王よりも重要な存在となる。

そんな私、ビーストマスターの称号を持つ宮廷調教師のセルビアは……。


「君との婚約を破棄させてもらうよ。セルビア」


人生最大の転機を迎えていた。それは唐突に、何の前触れもなく告げられた。

清々《すがすが》しい朝だった。これから仕事へ向かおうと、急ぎ足で宮廷の廊下を歩いていた時のことだ。まだ誰も出勤していないような時間なのに、彼は待っていた。

「……レイブン様……今、なんとおっしゃったのですか？」

「聞こえなかったのかい？　それとも人外の声ばかり聞き過ぎて、人間の言葉が理解できなくなったのか？」

鋭いナイフのような辛口なセリフを言い放った彼は、私の婚約者であるレイブン・セネガール様。王国でも有数の貴族の家柄で、次期当主になることが決まっている。

婚約したのは三年ほど前、私が正式に宮廷に入ったばかりの頃だった。これでも長い付き合いになる。だから驚いていた。

「君との婚約を破棄する。もううんざりなんだ。ずっとこの関係を解消したかったんだ」

「……」

知ってましたよ。

そんなこと。

婚約をした最初の日から、あなたは私のことが嫌いでしたよね？

理由は言わなくてもわかっています。

「僕は動物が大嫌いなんだ！　それなのに君の周りには常に人間以外がいる！　いくら君がビーストマスターの称号を持っていても関係ない。君の身体《からだ》からは動物の匂いしかしない。僕が耐えられるわけがないだろう！」

「……大変そうですね」

正直ちょっと同情はしている。私との結婚は、彼が望んだものではなかった。

彼の家が勝手に決めたことでしかない。

ビーストマスターの称号を持つ者は、国の将来を担う最重要人物だ。それほど希少な存在を、自らの家に招き入れることで、自身の権力をより強くする。

彼ではなく、彼のお父様の思惑によって、私と彼は婚約した。

「大体おかしいんだ！　確かに君はビーストマスターだ。でも身分は平民じゃないか。僕は平民を妻に貰《もら》う気なんてさらさらない」

そう、私の身分は平民だ。貴族じゃない。幼いころに両親を亡くした私は孤児だった。

孤児院で暮らしている中で、ビーストマスターになれる素質を見出《みいだ》される。その後は宮廷にある教育機関に預けられ、宮廷で働くための教育を受けさせられた。

ビーストマスターの称号を頂いた今も、身分は変わっていない。

貴族ではないくせに宮廷入りし、ビーストマスターになった私は、貴族出身の同僚たちからはとても嫌われている。

おかげさまで上司からのパワハラもたくさんだ。

という感じに、私としても今の環境が幸せかと聞かれたら、首を傾《かし》げるだろう。

レイブン様の気持ちもわからなくはない。婚約破棄したいというならすればいいと思うけど……そう簡単な問題じゃないはずだ。

「お言葉ですがレイブン様、私たちの婚約は、私たちの意志だけで破棄することはできません。あなたの御父上、セネガール公爵様の許可が必要です」

「ふん、そんなこと言われるまでもなく知っている。この僕がただ感情のままにこんな話をしていると思うか？」

「え……」

違うんですか？

と、口から出そうになった言葉をギリギリしまい込む。

いつも私を見る度に嫌な顔をして、動物臭いから近寄るなと怒鳴る彼のことだから、いつもの発作的なあれだと思っていた。

彼はニヤリと笑みを浮かべる。

「ようやくだ……ようやく準備が整った。君との婚約を解消し、このふざけた悪縁を絶つための！」

興奮気味に宣言するレイブン様。いつもみたいに感情的になっているようにしか見えない。

ちゃんと考えがあるのだろうか。

私は首を傾げる。すると、私の後ろからコトン、コトンと足音が響く。わざと響かせているんじゃないか。そう思えるくらいハッキリと、こちらに向かって歩いている。

レイブン様からはその人物が見えている。

彼は笑った。得意げな顔で。私は後ろを振り返る。

「ごきげんよう、セルビアさん」

「ロシェルさん？」

金色の髪をなびかせ、煌《きら》びやかな衣装に身を包む彼女。ロシェル・バーミリスタ。私と同じ宮廷調教師の一人で、一応は同期。適性は召喚、契約した聖霊や魔獣を召喚することができるサモナー。

普段はもっと遅い時間に宮廷へ来る彼女が、こんなにも早い時間に顔を出すなんて珍しい。

そう思いながら軽くお辞儀をする。

「おはようございます」

「ええ」

軽やかに、堂々と。彼女は歩き、立ち止まる。

レイブン様の隣、肩と肩が触れ合うほど近くで。

「ロシェルさん……？」

「ごめんなさい、セルビアさん。あなたの婚約者は、今日から私の婚約者になったのよ」

「……え？」

何を言っているんだろう、この人は。

以前から私のことが嫌いで、会うたびに小言を口にするような人だった。けど、今日の冗談は無理がある。

それなのに、レイブン様は彼女の肩に手を回す。

「そういうことだ。彼女が僕の新しい婚約者だよ」

「……本気ですか？」

「ああ、もちろん。父上の承諾もすでに得ているんだ」

「そんな……」

ありえない。別に、私のほうが婚約者として相応《ふさわ》しいとか思っているわけじゃない。

客観的に見て、ビーストマスターの私と、サモンしか適性がない彼女が入れ替われるだろうか？

ビーストマスターという称号を持っているからこそ、彼の御父上は私との婚約を進めた。確かにロシェルさんは貴族で、身分的には釣り合う。しかしそれだけの差で、果たして御父上が認めるだろうか？

そして何より、彼の行動には大きな矛盾があると思う。

「レイブン様、彼女も調教師です」

「もちろん知っている。だが、彼女であれば何の問題もない」

「どうしてですか？」

「彼女は聖霊を専門とするサモナーだ。聖霊は魔獣や動物とは違う。力が実体をもった存在だから匂いもしない。何より見た目が綺麗《きれい》だろう？」

聖霊が綺麗だという意見には同意する。

もちろん、他の生物だって綺麗なものはたくさんいるけど。だけどそうか。

聖霊だけしかサモンできない彼女だからこそ、レイブン様は妥協することができたのか。

その点は納得した。ただ、結局一番の問題は解決していない。ビーストマスターとサモナー。そこには大きすぎる差がある。

「自分と彼女では釣り合わない……そう思っている顔だな」

「い、いいえ、別にそういうわけでは」

「心配はいらない。この日のために、僕がどれだけ準備したか見せてやろう」

そう言いながら、彼は一枚の紙を取り出し、私に見せつける。彼が見せてきたのは宮廷の雇用証明書だった。調教適性が二名、召喚適性が三名、憑依適性が一名。

「この者たちを宮廷調教師ロシェル・バーミリスタの部下として雇用する……？」

「これで実質、彼女は君と同等以上の力を持つ宮廷調教師になった。六名の部下は彼女の手足となって働いてくれる。六人と一人……これだけ人数がいれば、君一人よりよほど仕事も速い」

どや顔のレイブン様と、見せつけられた証明書を交互に見る。

正直、これには驚かされた。適性者はどこにでもいるわけじゃない。

探すのは相当苦労したはずだ。いつから本格的に動いていたのかは知らないけど、よくこの人数を集めたと思う。

まぁでも……これで私より上ですというのは、少し違う気もするけど。

ロシェルさんはそれでいいのかな？

私は彼女に視線を向けた。ニヤっと笑みを浮かべて、自慢げな顔をしている。

どうやらこれでいいみたいだ。自分の力ではなくても、力をもっている人材をまとめる役は意外と大変なのかもしれないのに。

私はやったことがないから知らないけどね。

「わかったかい？　もう準備は万全なんだ」

「そうみたいですね。でしたら婚約の破棄を受け入れましょう」

元より彼のことが好きというわけじゃない。

むしろ私の大切な仲間たちを臭いとか汚いとか、言いたい放題言うからちょっとムカついていたし。いい機会だから婚約も解消してスッキリしよう。

私に伸《の》し掛かる重みが、一つ消えてくれた。

と、喜んでいたら――

「それだけじゃない。君には宮廷から出て行ってもらうよ」

「……はい？」

本日何度目かわからない驚きの声をあげる。

宮廷から出て行け？

それは……えっと、本当にどういうことですか？

理解できない私はキョトンとした顔をする。

「言葉通り、君は今日でクビだよ」

「……い、意味がわかりません。どうして私がクビなんですか？」

「君が必要なくなったからだよ。僕が連れてきた人材をまとめれば、君一人よりも効率的に生物たちの管理ができる」

「い、いやその……」

この人は自分が何を言っているのか理解しているのだろうか。そもそも七人と一人を比べている時点でおかしい。

それ以前に、宮廷調教師の任命や除籍ができるのは陛下や陛下から許可を頂いた方だけだ。

いち貴族でしかない彼が決められることじゃない。

「はぁ……今のは聞かなかったことにしておきます。陛下の耳に入れば大変なことになりますよ」

私と念願の婚約破棄ができて浮かれているのだろう。この時くらいは喜ばせてあげよう。

私も、不本意な婚約を解消できていい気分だ。

実は彼が浮気をしていることはずっと前から気づいていた。というより、彼も隠していなかった。それだけ私のことが嫌いだったということだ。

逆に清々しい。その相手がロシェルさんであることも気づいていたけど、まさか新たに婚約するとは思っていなかった。

きっと裏でたくさん頑張ったのだろう。

「それでは仕事がありますので、これで失礼します」

「何を言っているんだい？　君はクビだと言ったはずだよ」

「あまり冗談を言われないほうがいいですよ。誰に聞かれているかわかりませんから」

「冗談ではない」

彼はもう一枚、別の紙を開いて見せる。

それは先ほどとは真逆の……。

「解雇……」

そこに記されていたのは私の名前だった。宮廷調教師セルビアを除籍する。そう書かれていた。

王家の紋章が記され、陛下の直筆でサインも頂いている。紛れもなく正式な解雇状だった。

「こ、これは……一体どうして……？」

「僕から陛下に進言したのさ。彼らを雇用するから、君をクビにしてはどうかとね」

レイブン様は得意げな顔で語り出す。

「陛下も悩んでおられたのだよ。由緒正しき宮廷に、平民が紛れ込んでいることに……しかもそれが、王国唯一のビーストマスターだという事実に。確かにビーストマスターの存在は大きい。だが……」

「絶対の存在ではありません」

ロシェルさんが続く。

「調教、召喚、憑依……三つの才能を持っている人が稀《まれ》だというだけです。結局その一人は三人と同じ価値でしかありません。だったら人数さえそろえてしまえば問題はないのです」

「まさにその通り！　僕が連れてきた人材を見て、陛下も納得してくれたよ。我々がいれば、この国はより強い国になるだろうとね！」

レイブン様の説明に納得した陛下は、私を宮廷から追い出す許可を彼に出したそうだ。

追い出す、というのは単なるクビとは違う。完全に王都から、この国から出て行けという意味だった。

どうしてそこまでされるのか。まさに逆賊の扱いを受けることになる。だけど、その理由はすぐに思い当たった。

私が、ビーストマスターだからだ。

「私が残っていると、王国内で反乱を起こされた時に面倒だから……出て行けという意味ですね」

「さすが、よくわかっているじゃないか」

皮肉だ。

「まぁ安心してくれ。君が調教した生物たちは、我々が責任をもって管理してあげよう」

「……」

何が責任だ。用済みになったからポイ捨てするだけでしょ？

私が今日まで積み上げてきたものを、苦労を、そのまま奪い取って。最初は同情していた私だったけど、あまりの言い分と扱いに、ついに怒りがふつふつと湧いてきた。

どうして理不尽な理由で宮廷を追放されないといけないの？

私は今日まで頑張ってきた。先輩には嫌がらせを受けて、王都に四千体以上いる魔獣を一人で管理させられたり。危険性の高い聖霊と無理やり契約させられたり。憑依すると人格を奪われるかもしれない神格に、嘘《うそ》を教えられて挑戦させられたりもした。

今では王国にいる生物の半数を、私が管理、使役している。

どう考えても一人でやる量じゃない。おかげで毎日残業、次の日にも仕事が残って、休日出勤も当たり前だった。

そんな大変な思いをして頑張ってきたのに……。

頑張って……。

んん？

「どうしたんだい？　ショックすぎて言葉も出ないのかな？」

「あらあら、可哀《かわい》そうですわ」

「……」

そうか。宮廷を追い出されるってことは、もう仕事をしなくていいんだ。あの激務を代わりにやってくれる人もいるんだよね？

だったら別に、悪いことじゃないよね？

「レイブン様、ロシェルさん」

「なんだい？　最後に一つくらいなら、お願いを聞いてやってもいいぞ」

「お優しいですわ。レイブン様」

目の前でイチャイチャする二人に、私は笑顔を見せる。

意表を突かれたような表情の二人に向かって、私は大きくハッキリと口にする。

「今日までお世話になりました」

「え……？」

「……はい？」

「それじゃ、荷物をまとめて出て行きますね！」

私は軽く会釈をして、二人に背を向ける。

足音が響く。二人の呼吸が合わさって、大きく息を吸ったのがわかった。

「ま、待て！」

「待ってください」

二人そろって私を引き留める。

その場で立ち止まった私は振り返り、何食わぬ顔で尋ねる。

「なんですか？」

「な、なんだその態度は……？　君は自分がどういう状況に置かれたかわかっているのか？」

「王都から、この国から追放されるのですよ？」

「はい。だから早く身支度をしようと思っているんですよ？」

二人とも唖然《あぜん》として、目を大きく見開きながら私を見つめる。

自分たちで仕組んでおいて何を驚いているのだろう？

婚約破棄を言い出したのはレイブン様だし、彼の新しい婚約者になったのはロシェルさんでしょ？

「二人ともどうしたんですか？　もしかしてまだ何かあるんですか？」

「何かもないだろう。君は職を失ったんだ。もっと落ち込んだり、取り乱すはずだろう」

「あー……普通はそうかもしれませんね」

私は小さくため息をこぼす。

職を失う。確かに辛《つら》いことだけど、私にとっては違う感覚がある。

失ったんじゃない。私はやっと、解放されたんだ。

「レイブン様は知っていますか？　私だって人間なんですよ？」

「そ、それがどうした？　当たり前のことを言って」

当たり前だと思っているの？

「ロシェルさん知ってますか？　ビーストマスターだからって、なんでもできるわけじゃないんですよ」

「もちろん理解しています。だから他にも宮廷調教師がいるのです」

本当に理解している？

二人とも知らないし、理解していない。

一日一時間睡眠。一週間ずっと働き続けて、休日はあってないようなもの。

これが人間らしい生活？

人間に対する仕打ちだと言える？

ビーストマスターだって万能じゃない。私は一人分の力しかないのだから、私が抱え込める仕事の量には限りがある。でも、与えられる仕事は無尽蔵に増え続ける。

やってもやっても、前が見えないほどに。

肩書、地位、居場所、お金。私はいろんなものに縛られてきた。

もうこりごりなんだ。こんな場所でいくら必死に働いても、私は幸せにはなれない。だから、出て行けと言ってもらえるなら、堂々とここを出よう。

「お二人とも頑張ってくださいね？　これから、とても大変になると思います」

私が請け負っていた仕事が一気になだれ込む。自分でもよく一人で回していたと思える量だ。

新しい人たちが潰れてしまわないか少し心配だけど、私にはもう関係ない。

私はもう、宮廷調教師じゃない。

この国の人間ですらなくなったんだから。

「さぁ、どこへ行こうかな」

新しい居場所を見つけよう。

この国を出て、新天地へ旅立とう。そう思うと、少しワクワクしてくる。

◇◇◇

私は国を出た。生まれ育った王国を、自分の足で旅立った。

名目は国外追放。もう二度と、あの国に戻ることはない。悲しい出来事のはずなのに、心と身体は軽やかだった。

「とりあえずお隣の国に行こうかな」

今まで仕事ばかりに縛られていた生活が、一気に開放的になった。

誰かに決められていた一日の予定。今は私が好きにできる。どこで何をするか。何をしていたって怒られたりしない。

宮廷で働いていた頃の貯金もあるから、お金にも当分は困らないだろう。追放されるから財産も没収されてしまうかと思ったら、案外そこは優しかった。

退職金だと思って有難く使わせてもらおう。

歩き出そうとした時、心地いい風が吹く。と、最初は意気揚々と旅を楽しんだ。

次から次へと新しい街へ行き、のんびりとした時間を過ごす。

悪くはない。仕事に追われる日々からも解放された。

ただ……。

「お金がなくなってきたなぁ……」

お金は働かないと増えない。使えば減るばかりだ。

一か月も遊んで暮らしていたら、当然貯金もなくなってくる。長らく抑圧されていた分、あまり先を気にせず遊び過ぎてしまった。

美味《おい》しいものをたくさん食べられて満足はしたけど、その分お金は心もとなくなった。

私がいま訪れているのは、生まれ故郷から北にある小さな国だ。

名前はノーストリア王国。私が生まれたセントレイク王国に比べれば、国土も国力も半分以下。世界的に見ても弱い国ではある。

ただ自然は豊かで、人々も伸び伸び暮らしているし、私は嫌いじゃない。そろそろどこかで落ち着いて拠点を構えようと思っていた。

気に入ったし、この国でもいいかもしれない。

となれば……。

「お仕事探さなきゃ……」

私は街の中心にある噴水の横で腰を下ろす。

正直あまり気乗りしない。

働きたくない……というわけじゃなくて、どうしても脳裏に過《よぎ》るんだ。

また同じことにならないかな？

仕事をするなら得意なことがいい。せっかく私はビーストマスターと呼ばれるだけの力があるんだし、やるなら調教師だろう。

でもいざ探すと、意外と働き口が少ないんだ。

魔獣や聖霊、天使や悪魔。人とは異なる存在を使役することで、国は強さを示している。

必然、仕事場も限られる。

やっぱり宮廷……もしくは冒険者かな。

宮廷はいわずもがな。冒険者も噂《うわさ》で聞く限り、危険がいっぱいでとても大変だという。できれば安全に、のんびり暮らしながら仕事がしたい。

それは……。

「贅沢《ぜいたく》、なのかな」

静かな時間が流れる。夕暮れ時、お仕事帰りの人たちが歩いている。

誰も私には目もくれない。

知り合いなんていないから当然だけど、私は勝手に孤独感に苛《さいな》まれる。

「ああ……私って……」

本当に今、独りぼっちなんだ。

気づいてしまった。いいや、気づいていたけど考えてこなかった。

孤児院にいた頃も、周りに仲間がいた。宮廷に引き取られ教育を受けている時も、周りには怖い大人の人たちがいた。

働き始めてからもそうだ。だけど今、私は本当の意味で一人きりになった。

この街にいる人は誰も、私のことなんて知らないだろう。

街の人たちをぼーっと眺める。なんだか別世界の住人みたいな気分だ。

私一人だけ、世界から取り残されているような……。

このままじゃ本当に、私は孤独に押しつぶされて消えてしまいそうになる。ちゃんと働いて、人と交流を持たないと。

本格的にどうするのか考えよう。

「やっぱり宮廷……うーん……」

「そこのお嬢さん、一人かい？」

「冒険者もやってみたら意外と……？　でも知らない仕事にいきなりはきついよね」

「暇なら俺たちと遊ぼうぜ～」

なんだか外野がうるさいな。今真剣に考えているんだから邪魔しないでほしい。

私は無視していた。すると突然、男の一人が私の腕を摑《つか》む。

「おい、無視してんじゃねーよ」

手首を力いっぱいに握られる。

痛みでようやく顔をあげ、囲まれていることに気が付いた。

ガラの悪そうな男たちが三人もいる。

「なんですか？」

「さっきから声かけてんだろうが」

「舐《な》めてんのか？　無視しやがって」

「すみません。今考え事で忙しいんで邪魔しないでもらえませんか？」

私は手を振り解《ほど》こうとする。けど力強く摑まれていて離れない。

私は苛立《いらだ》つ。

「離してください」

「嫌だな。俺たちを無視した罰だ。痛い目みたくなけりゃ言うこと聞いてもらうぜ」

「……はぁ」

もう面倒くさい。

見た目が非力な女だから侮っている？

残念だけど私は一般人じゃない。

知らないでしょ？

私がとある国で、なんと呼ばれていたか。

【サモン】、シルフィー――」

「そこまでだ」

「な、ぐえ！」

私の手を掴んでいた男が吹き飛んだ。顔を真っ赤に腫らして尻もちをつく。

どうやら殴られたらしい。私の傍らに、白髪の男性が立つ。

ふと、どこか懐かしい空気を感じた。

「何しやがるて……あ……」

「まったく困った奴《やつ》らだな。女性相手に手を上げるとは」

「あ、あんたは……」

男たちが怯《おび》えている？　彼の顔を見て。

とてもきれいな顔立ちで、私と変わらないくらい若い青年だった。

見た目は怖くないと思うけど……。

「これ以上やるなら、覚悟しろよ？」

「す、すみませんでしたぁ！」

男たちは逃げ出した。

よくわからないけど、助けてもらった？

「ありがとうございます」

「別に、俺が助けたのはお前じゃなくて、あいつらだよ」

「え？」

「召喚が使えるんだな。放っておいたら大惨事になっていただろ？」

気づいていたんだ。私が召喚術を使おうとしたことに。

この声、どこかで聞いたような……。

「希少な才能を持ってるんだ。あんな奴ら相手に使うのは勿体《もったい》……セルビア？」

「――？」

彼が口にしたのは、紛れもなく私の名前だった。

どうして？

この国は一度も訪れたことがない。セントレイク王国からも二つ離れているから、知り合いなんていないはずなのに。

でも、やっぱり懐かしい。声も、その綺麗な白い髪も……。

幼い日の記憶が蘇《よみがえ》る。

「……リクル君？」

「やっぱり、セルビアじゃないか！　どうしてこんな場所に……って、おい。何で泣いてるんだよ」

「へ？　あ……あれ？」

無意識だった。私の瞳からは涙が零《こぼ》れ落ちる。

独りぼっちになったことを理解した直後だったからだろう。

私を知っている、私が知っている人に出会えて、安心したんだ。

◆◆◆

リクル君と初めて出会ったのは、私が宮廷でお勉強を受けている合間だった。まだ始めたばかりで先生も厳しくて、休憩時間は逃げ出すように一人で庭に駆け込んだ。

そこに彼はいた。

白い髪が綺麗で、とても印象的だった。

「誰？」

「お前こそ誰だよ」

「私、セルビア」

「俺はリクルって言うんだ。ここで何してるんだよ」

「お勉強？」

「お勉強だよ」

話をするようになって、自然と仲良くなった。彼とはいつでも会えたわけじゃない。

一月に一度、彼は宮廷の庭へ来ていた。

どうやら外の国から来ているらしい。

どうして宮廷にいたのかは教えてくれなかったけど、彼と話している時間は楽しくて、辛いお勉強も忘れられた。

「凄《すご》いなセルビア！　将来はビーストマスターか」

「うん……でも、私にできるかな」

「やれるって！　セルビアは真面目だし、きっと凄いビーストマスターになる！」

「本当？」

「ああ！　俺が保証してやる！」

彼は私の背中を押してくれた。

孤児院を出たばかりで不安だった私は、彼のお陰で頑張れた。

「俺にも将来なりたいものがあるんだ！　お前に負けないくらいでっかい夢だぞ！」

「リクル君の夢？　なに？」

「内緒！　もう少し大きくなったら教えてやるよ」

「約束だよ！」

けど、その約束は果たされることはなかった。その日を最後に、彼は一度も現れなかった。

◆◆◆

あれから実に十年ぶりの再会だ。泣いてしまうのも当然だろう。

私はリクル君と一緒に噴水を背にして座り、今日までのことを話した。

「なるほどな……お前も大変だったんだな」

「うん……ビーストマスターにはなれたんだけど、中々上手《うま》くいかないね」

「周りが悪いな。ハッキリ言って、そいつらは馬鹿だ。頑張ってたお前を追放するなんて考えられない」

「あははは……そうだね」

誤魔化すように笑う私を、リクル君は訝《いぶか》しむ。

「怒らないのか？」

「……怒っても仕方がないからね。もう終わったことだから。今はそれより、これからどうするかを考えないと……」

「これからか」

「うん。そうだ。リクル君は今までどうしてたの？　あれから会えなくなって心配してたんだよ！」

パッと見た感じ、とても元気そうで安心した。

あの頃は身長も同じくらいだったのに、今じゃ彼のほうがずっと高い。改めて見ると、格好いいよね。

服装も地味に見えて整っていて、どこか高級感が漂う。

「いろいろあったんだよ。お前のいた国とは関係が悪くなって、外交すら難しくなった。だから会う機会も作れなかった……本当は、早く会いたいと思っていたんだけどな」

外交？

関係が悪化した国……そういえば私が今いるこの国がそうだった。一時期話題になっていたことを思い出す。

彼はこの国の出身だったのか。

「お前がビーストマスターになったことは噂で聞いてたんだよ。ちゃんと言ってた通りなれたんだって嬉《うれ》しかった。おめでとうとも言いたかった」

「そうなんだ……」

しんみりした空気が流れる。私はビーストマスターになって、その地位を失った。

後悔はしていない。けど、今となっては申し訳ない。

リクル君に、立派に働いている姿を見せたかったなぁ。

「でも、辞めたんなら逆に好都合だ」

「え？」

「これから先どうするか悩んでるんだろ？　だったらここで、俺の国のビーストマスターになってくれないか？」

目と目が合う。夕日に照らされて、オレンジ色に光る髪がなびく。

彼は真剣だった。

「ありがとう。嬉しいけど、そういうのを決めるのは国の偉い人だから」

「だから問題ないんだって。俺がそうだから」

「……へ？」

「言ってなかったか？　俺の名前はリクル・イシュワルタ。この国の第一王子だ」

「だ……」

第一王子⁉

「王子様だったの？」

「ああ。あの頃は父上について行ってたんだよ。じゃなきゃ他国の子供が宮廷に入れるわけないだろ？」

「た、確かに……？」

言われてみればそうだ。相応の地位にいる人じゃないと不自然だったかもしれない。

驚きのあまり納得してしまった。

「え、ほ、本当に？」

「そうだよ。だから決める権利は俺にある。本音を言えば、ずっと前からそうなればいいなーとか、勝手に想像していたんだ」

彼は語る。瞳を閉じて。

「この国は弱小だ。けどいつか、世界一の国って呼ばれるようにしたい。それが俺の夢……果たせなかった約束、あの日の答えだ」

「リクル君の夢……大きな夢！」

彼は頷《うなず》く。私たちは大人になった。

十年越しに、約束は果たされた。

「俺の夢には力がいる。もしよかったら、俺にお前の力を貸してほしい」

彼は立ち上がり、手を差し伸べる。

力強く、まっすぐに見つめて。

「その代わり、お前の居場所は俺が作る。不自由も、嫌な思いもさせない。俺がお前を幸せにすると誓おう！」

「リクル君……」

それはまるでプロポーズみたいな言葉だった。私は、彼の瞳を見ながら思う。

この手を取ったら、私はまた宮廷で働く人間に戻る。不安がないかと言われたら嘘になるだろう。

それでも――

「うん。よろしくお願いします」

彼の手を取った。直感でしかないのだけど、彼と一緒にいることが幸せに繋《つな》がる。

そんな気がしたから。

第一章

セルビアが追放された宮廷では、新体制による仕事が始まっていた。ロシェルが指揮をとり、新人たちが王国で飼っている魔獣の世話をする。

いつでも戦えるように訓練させることも仕事の一つだ。

宮廷調教師の仕事は決して楽ではない。名誉ある仕事ゆえに、その重圧も計り知れなかった。

「皆さんしっかり働いてください。私たちの手に、この国の未来はかかっています」

彼らはいいチームだった。集まって間もないのに、統制も取れていた。

ほころびはなかった。

「……ふっ、やっぱり私たちだけで問題ないわね」

「ロシェル」

「レイブン様！」

働いている彼女の様子を見に、レイブンがやってくる。

「順調かい？」

「はい！」

「そうかそうか。君は真面目で綺麗《きれい》だし、彼女とは大違いだね。さーて、今頃どうしているかな？」

「心配ですね。どこかで倒れていたら、私たちの責任になってしまいそうで」

当然、二人は心配などしていない。心の奥底では、どこかで野垂れ死んでいるのも悪くないと思っている。だが決して下に見ているわけではなかった。

彼女が選ばれた者だからこその嫉妬、劣等感ゆえ。

だが……。

「た、大変ですロシェル様！」

「どうしたの？」

「魔獣たちが急に暴れ出して、一斉に逃げ出してしまいました！」

「なんですって！」

その後、次々と連絡が届く。魔獣だけではない。宮廷で管理している生物たちが一斉に騒ぎ出し、同じ方角へ走り出した。

なんと半数が。

「は、半分……？　まさか……」

そう。逃げ出したのは、セルビアがテイムした生物たち。

調教、召喚、憑依《ひょうい》。これらには魔力の総量や熟練度、才能によって大きく差が生まれる。

同じ力であっても、体現できる結果は異なる。

彼らは理解していなかった。王国に飼われていた猛獣たちがなぜ大人しかったのか。

セルビアがいたからだ。

彼女の力が、凶暴かつ凶悪な存在を抑え込んでいたから。

本来、調教済みの生き物は人間に対して服従する。しかし稀《まれ》に、特定の人物の命令しか聞かない場合もある。

この結果が物語るもの。それはすなわち、彼らが従っていたのはセルビア一人だけだったということ。

彼らが向かったのは、セルビアの足跡が残る方角。旅立った彼女のもとへ帰るために。

「収拾がつきません！」

「そんな……」

「どうなっているんだ！」

これより、彼らは思い知らされることになる。

この国が……。

たった一人の大天才によって支えられていたという事実を。

◇◇◇

ノーストリア王国。人口は約三十万人で、国土はセントレイク王国の半分以下。大陸の北に位置する小国であり、歴史的に非常に古い国とされている。

その歴史は数千年……現代のように調教師の存在が国力に直結するようになった以前から存在しているとか。

私も歴史に詳しいわけじゃないから深くは知らない。ずっと宮廷で働いてたから訪れるのも初めてだった。

古い体制、文化が残る国だと噂《うわさ》で聞いていた程度だったけど、そのイメージは実際に訪れて払拭されている。なんてことはない。穏やかで、私の生まれ故郷と変わらない普通の国だった。

「王都まではしばらくかかる。その間に休んでおけ」

「うん」

ガタンゴトン。私たちは馬車に乗り、国の中心である王都へ向かっていた。

自然豊かな国の景色を窓越しに眺めながら、ふと彼の横顔を見つめる。

ノーストリア王国第一王子リクル・イシュワルタ。

第一王子……。

王子様……。

「リクル殿下？」

ぽろっと口から漏れた音に、リクル君がぴくっと反応する。

彼は私の顔を見た。ものすごく、嫌そうな表情で。

「なんだ今の呼び方は……」

「え？　だ、だって王子様だったんだよね？　今までは知らなかったけど、これからはそうお呼びしたほうがいいかと思いまして」

話し方も友人のような口調は適さない。

一国の王子とよそ者が親しくしている姿を、王城や宮廷の方々が見たらどう思うだろう？

何事も最初が肝心だ。ここはしっかりとした態度を見せて、自分を真っ当な人間だとアピールしないと。とか、頭の中で理屈を考えている。

リクル君の表情は未《いま》だにとても嫌そうなままだった。

「やめろ気持ち悪い」

「き、気持ち悪い⁉」

「お前に畏《かしこ》まられるとなんだか無性にムカムカするんだ。昔のままでいい」

「で、でも周りから変な風に見られるかもしれないよ？」

「気にするな。俺は王子だからな？」

い、いや……だから敬ったほうがいいって話をしているんだけど……。

彼は呆《あき》れたように笑う。

「ふっ、文句がある奴《やつ》は直接俺に言ってくればいい。お前はこれからうちで働くことになるが、その前に俺の友人でもあるんだ。堂々としていろ」

「友人……もう十年も会っていなかったけど」

「時間は関係ないさ。大事なのはお互いがどう思っているか、だろ？　少なくとも俺は今も、お前のことを親しい友人だと思っている。だからこうして、再会できて嬉《うれ》しかったんだが？」

彼は素直に、まっすぐに自分の胸の内を語ってくれた。

恥ずかしげもなく、堂々と。そんな風に言われたら、私だって答えたくなる。

正直に、どう思っているのか。

「私も嬉しかった。ずっと会いたいと思っていたから……私にとって仲のいいお友達って、今も昔もリクル君一人だけだったよ」

「そうか」

彼は笑みを浮かべながらつぶやく。

「光栄だよ」

こちらこそ、だ。知らなかったとはいえ、王子様と友人になれるなんて普通はありえなちゃんと応えよう。

再会できたことも、独りぼっちになった私に手を差し伸べてくれたことにも……。

い。

◇◇◇

馬車を走らせて約八時間。整備された一本道を進むだけの、退屈な旅路ではあった。

退屈を紛らわすように、私たちは昔話に花を咲かせた。

いつの間にか眠くなって、私はころんと意識を失ったのだろう。

トントン。肩を叩《たた》かれて、ゆっくりと瞼《まぶた》を開ける。

「起きろセルビア、もう着いたぞ」

「……ぅ、あ……」

彼の顔がすぐ近くにある。一瞬、状況がわからなくてぼーっとした。

すぐに理解して慌てて顔を遠ざける。

「リクル君!?」

「今さら俺に驚くなよ……」

「ご、ごめん。着いたって?」

「ああ。外を見ろ。ここが俺の国だ」

馬車から窓の外を見る。広がる景色に、私は口を大きく開ける。

想像していた王都の街並みと大きく違うのは、色だ。

「白くて眩《まぶ》しいっ」

「ははは！　最初はそうなるよな」

建物がどれも白い壁で作られていた。朝日が反射して白い光が目に飛び込む。

思わず閉じてしまうほど、眩しさに包まれる街並みを人々が歩く。時間的にも今はちょうど活動を始めた頃だろうか。

子供から老人まで、様々な年代の人たちが街を歩いていた。

「どうしてこんなに真っ白なの？」

「諸説あるが、一番言われているのはこの国の成り立ちに女神が関わっていることかな」

「女神が？」

「ああ。その女神が純白の美しい髪をしていたんだと。それに合わせて街並みを白く彩ったんだ」

私はなるほどと思いながら頷《うなず》く。歴史が古い国だし、成り立ちに女神が関わっている可能性はある。

今は世界が分かれてしまって、私たちが生きる人間界に女神が降りてくることなんてないけど。

この国が誕生したとされる数千年前、世界が分かれる前ならば、女神と人間が同じ大地に立っていただろう。

彼の話を聞いて、改めてこの国の歴史の深さを感じる。そんな由緒正しき国、王族が住まう城に私を乗せた馬車は入る。

王城も当然のごとく、白くて眩しかった。

「到着だ」

リクル君が先に馬車から降りて、私に手を差し伸べる。

その手をとってゆっくりと降りる。

「ここが……」

リクル君が住まうお城。そして、私がこれから時間を共にする場所でもある。

私の新天地だ。


私はリクル君に案内されて王城の中へと入っていく。王城内は広く、騎士や使用人たちが廊下を歩いている。

リクル君に気付くとすぐに立ち止まって、丁寧な姿勢で挨拶をする。

「お帰りなさいませ。殿下」

「ああ。父上は戻っているか？」

「いえ、まだお戻りにはなられておりません」

「そうか。なら予定通り戻ってくるのは明後日《あさって》以降か……」

リクル君は立ち止まって考えている。

「よし。セルビア、先に部屋へ案内しよう」

「部屋？」

「お前がこれから住む部屋だ」

「え、ま、まさかここに住むの？」

驚き過ぎて声が震える。王子様に対して馴《な》れ馴《な》れしく接する姿に、使用人の男性はビクッと反応する。睨《にら》んでいるわけじゃないけれど、疑うように私を見る。

思わず私は口を塞ぐ。

「不満か？　ここ以上に住みやすい場所もないと思うがな」

「い、いやその……だって王城は普通、王族だけが住める場所だから」

「古い考え方だな。俺も父上も気にしない」

リクル君はそうでも私は気にするんだよ。

今だって四方から、なんだこいつは……みたいな視線が刺さっているし。

やっぱり異国にいきなり来て、王子と一緒にいること自体が不自然なんだ。

「す、住む場所は自分で見つけるよ」

「当てでもあるのか？」

「ないけど……」

ついでに言うとお金もない。

「だったら遠慮するな。うちなら家賃もかからないし三食付きだ」

「うっ……」

心が揺らぐ。なんて嬉しい条件なんだ。

宿泊代はかからないし、ご飯もついてくる？

自分で作らなくてもいいの？

「他にも大浴場、広い遊び場、ベッドも柔らかいぞ」

「くぅ……」

なんてそそるような情報の数々。まぁ王城なんだし最高級の暮らしができるのは当然なのだろうけど。

一般人の私にとって、どれもこれも夢のような暮らしだ。

正直、かなり住みたい。ただ……周囲の目が気になる。

それを軽くアピールするように、私はキョロキョロと周りを見る。

気づいたリクル君がため息をこぼす。

「またそれか」

彼はやれやれと首を振る。

そのままずっと待機している使用人に声をかける。

「ちょうどいい、城中のものに伝えておけ。彼女はセルビア、俺の友人であり、この国のビーストマスターだ」

「ビーストマスター⁉ そうなのですか？」

「ああ、見えないだろうが事実だ。だから彼女へは俺たちと変わらない待遇をするように。他の者にも伝えておいてくれ」

「は、はい！ 畏まりました！」

彼は深々とお辞儀をしてその場から去る。

慌てながら、急ぎ足で。ビーストマスターという単語を聞いた途端、彼の私を見る眼《め》が変わったのがわかった。

どの国においても、ビーストマスターの存在は大きいようだ。

「これでお前に好待遇を与えても違和感はないな」

「そ、そうなのかな？」

「ビーストマスターっていうのは、国にとって力の象徴みたいなものだ。いるかいないか、それだけで国としてどう見られるか変わってくる。そういう存在がお前なんだよ」

言葉では何度も聞いた。

ビーストマスターの称号に込められた意味も。わかっているつもりだったけど、私はあまり称号に見合った待遇を与えられていなかった。

平民だったから嫌われて、宮廷の中に仕事という名の蓋で押し込まれて。だから実際、この称号がどれほど価値あるものなのか実感が湧かない。

「自覚しておけ。自分がいかに特異な存在であるかを。そしてお前は今日から、この国のビーストマスターなんだ」

「……うん」

リクル君に連れられ王城内を歩く。

向かった先の一室が、私がこれから暮らす部屋。扉を開け、中に入る。

広くて、綺麗で、豪華だった。

「ここに住んでいいの？」

「ああ、好きに使ってくれていい」

この広さを一人……確実に持て余す。私が今まで暮らしていた部屋の四倍は広い。

「荷物だけ置いておけ。まだ行く場所がある」

「次はどこに？」

「宮廷、お前が仕事をする場所だ。同僚たちにお前を紹介しないとな」

「同僚……」

嫌な思い出が浮かぶ。共に働く仲間に、私はあまりいい印象を持っていない。

理不尽な仕事量を押し付けてくる上司に、助け合いなんて言葉を知らない同期。

後輩はできても、私に近寄りすらしない。

広い宮廷の中で、私は一人で仕事に明け暮れていた。

私の話を聞いてくれるのも、嬉しそうに近寄ってくれるのも、テイムした魔獣たちだけだったよ。

そんな暗い顔をしていると、リクル君が優しい声で言う。

「心配するな。お前が思っているようにはならない」

「え？」

「会って話すのが一番早いな。ほら行くぞ」

「う、うん」

私たちは部屋を出る。王城と同じ敷地内に、二階建ての建物が建っている。

宮廷、それは王家が直接管理する者たちが仕事をするための場所だ。

一般の職種とは異なり、王国のために働く者たちが集まる。選ばれしエリートだけが得られる宮廷付きの名は、多くの者たちにとって憧れとされている。

最初から宮廷で働くために教育された私にとっては、あまり関係のない話だけど。普通の人にとっては、宮廷で働くことは人生の目標になることもある。

「ここだ」

案内された部屋は、宮廷でも一番端にある。

飼育場と連結していて、すぐ横からは生き物たちの声が聞こえる。

壁越しで姿は見えないけど、魔獣の気配が多い。魔獣は強力かつテイムがしやすいから、どの国でも重宝されている。

トントントン。

リクル君がノックして呼びかける。

「俺だ。入るぞ」

中の返事を待たずして、彼は扉を開けた。

「いらっしゃいませ、殿下」

「おはようございます！　ウチらに用事っすか？」

「ああ、紹介したい人がいてな」

私たちを出迎えてくれたのは、若い男女のペアだった。

緑色の短髪にメガネをかけた男性と、オレンジ色のサイドテールの元気いっぱいな女性。

二人は私に注目する。

「紹介しよう。彼女はセルビア、今日からここで働いてもらう」

「よ、よろしくお願いします！」

私は深く頭を下げる。何事も最初が肝心とはよく言う。

礼儀正しく、少しでもいい印象を残せるように。頑張って笑顔を作った。

男性はメガネをくいっと持ち上げる。見るからに真面目そうな人だ。

隣の女の子は対照的に、はち切れんばかりの元気を感じる。

見た目の印象だけど、座って仕事をするより、外を動物と一緒に駆け回っていそうな……。

身長が私よりも低いから年下だろうか？

二人ともそれほど歳《とし》は離れていないように見える。

「ここで働く……ということはつまり……」

「後輩っすか！」

元気な彼女が前のめりになりながら瞳を輝かせる。その瞳からは期待があふれ出ていた。

「まさか殿下！　ウチのために後輩を連れてきてくれたんすか？」

「そんなわけないだろ」

リクル君は呆れながら呟《つぶや》いた。彼女は見た目通り元気がいい。

「やったっすよ！　しかも女の子っすからね！　やっとメガネ先輩と二人きりの職場から解放されるっす！」

「その呼び方はやめてくれ……そんなに僕と二人は嫌だったのか？　それはそれでショックなのだが……」

「あーそういうわけじゃないっすよ！　別に嫌とかじゃなくて、ただその……飽きたっていうか」

「飽きたのか……」

メガネ先輩はしょんぼりして落ち込んでいた。彼のほうが先輩で、女の子のほうが後輩らしい。

なるほど。無性にしっくりくる。

「まぁいいじゃないっすか！　新しい後輩っすよ先輩？　嬉しくないっすか？」

「感情的問題は重要じゃない。ここで大事なのは、人手が増えて仕事効率があがるということで」

「あーお堅いっすね。そういうところばっかだとつまらない男って思われるっすよ」

「ぐっ……僕はつまらない男だったのか」

なんだろうこの感じ……。

二人のやり取りを見ているだけで、場が和むというか。ふいに笑ってしまいそうになるのは。二人の会話を聞きながら、リクル君が呆れて呟く。

「お前たちは相変わらずだな」

「普段からこんな感じなの？」

私は彼にしか聞こえないように、小声で質問した。

リクル君も小声で返す。

「ああ。見ていて飽きないコンビだぞ」

「ふふっ、そうみたいだね」

リクル君も少し楽しそうだ。私もまだ初対面だけど、この二人のやり取りは見ていて楽しい。

思っていた以上にフレンドリーだし、仲良くなれそうだ。

「で、いつまで遊んでるんだ？　いい加減お前たちも自己紹介をしろ」

「あ、そうだったっすね！」

「失礼しました。では僕から」

メガネの先輩はごほんと咳《せき》ばらいをする。

「初めまして、セルビアさん。僕はルイボス・マキスエル、宮廷調教師の長をしています。適性は召喚、サモナーです」

「ウチはリリンっす！　適性は調教、テイマーっすね！　よろしくっす！」

「はい。よろしくお願いします」

ルイボスさんがサモナーで、リリンさんがテイマー。部屋には二人しかいなかった。

私はキョロキョロ見回しながら、ぼそりと呟く。

「他の方は……？」

「ウチらだけっすよ！」

「宮廷調教師は僕と彼女の二人だけです」

「そうなんですか？」

私は確かめるように視線をリクル君に向ける。彼はこくりと頷く。

「ああ。うちで働いてる調教師は二人しかいない。お前のいた国じゃ、もっと大勢いたかもしれないがな」

セントレイク王国の宮廷では、三種の適性全て合わせると二十人以上の調教師が在籍していた。

私が抜けたことで一人減ったけど、レイブン様が新しく連れてきたから、今はもっと人数が多くなっているだろう。

それに比べたら……二人はかなり少ない。

王国の規模に対して考えても少ないんじゃないかな？

「憑依適性、ポゼッシャーはいないんですね」

「憑依に適性がある人間はより少ないんだ」

ルイボスさんがメガネをくいっと持ち上げて話す。

その動作が癖なのかな？

ちなみに彼が教えてくれたことは、当然私も知っている。テイマー、サモナー、ポゼッシャーの順で適性者は少なくなる。さらに複数適性となればもっと少ない。

「だからこそ、セルビアの力が必要だったんだ」

と、リクル君は真剣な眼差《まなざ》しを向けながら言う。

国にとって調教師の人数や質は、国の未来、安全にかかわる重要な要素だ。

今の二人が悪いわけではなく、人数の差はそのまま国力の差に繋《つな》がりかねない。

弱い国は淘汰《とうた》されるか、他の国に取り込まれる。

平和になった現代でも、侵略戦争を仕掛けてくる国はある。そういう危機に立ち向かうためにも、国は力を示さなければならない。

リクル君が私を頼ったことには、この国を脅威から守りたいという思いも込められているのだろう。

「待望の新人さんっすからね！　何か困ったことがあれば、このリリン先輩に聞くといいっすよ！」

えっへんと胸を叩く。

その隣で、メガネをくいっと動かす。

「いや、僕に聞いてもらったほうが早いな」

「あ、ずるいっすよ先輩！　また先輩だけ先輩面する気っすか！」

「先輩だから当然だろう？」

「ウチだってこれからは先輩なんすからね！」

なぜか言い合いを始めてしまう。職場仲間とは思えないほど、二人は仲がいい。

人数が少ないからこそ？

どちらにしろ、少し羨ましい。

「争ってるところ悪いが、むしろお前たちのほうが学ぶことが多いと思うぞ？」

「え？」

「どういう意味でしょう？」

リクル君はニヤリと笑みを浮かべる。

「セルビア、お前の適性を教えてやってくれ」

「私が？」

「自分で言ったほうがいい。堂々とな」

私に注目が集まる。緊張する中で、私は口を動かす。

「私の適性は、調教、召喚、憑依です」

「な、え……」

「それはつまり……」

二人の目が、大きく開く。驚きのあまり。

「彼女はビーストマスターだよ」

「「え……えええええええええええええええ」」

直後、二人の声が部屋中に響く。

驚きの声は大きく響き、鼓膜がじんじんと震える。予想を超える大きな反応に私は驚かされ、殿下は笑う。

「ま、まじなんすか？　ビーストマスターって」

「事実だぞ？　彼女はセントレイク王国でビーストマスターの称号を得ていた」

「し、信じられない……ビーストマスターなんて都市伝説か何かと思っていました」

「都市伝説はないだろ？　他にもビーストマスターを抱えている国は存在している」

リクル君がそう言うと、ルイボスさんはメガネ、ではなく顎に手をあて考えながら言う。

「いえ、あれも偽装しているだけかと思っていました。三種の適性者さえいれば誤魔化すことは容易でしょうから」

「二つ適性がある人でも珍しいのに、三つなんておとぎ話の域っすよ」

「そういう認識なのか」

リクル君はなるほどなと、一人で納得していた。ビーストマスターに対する認識は、国によって様々なのかもしれない。

少なくともこの国、二人にとってビーストマスターは、空想上の存在でしかなかった。

疑いの眼……というより、信じられない者を見る眼だ。

「ホ、ホントにビーストマスターなんすか？」

「はい。一応」

「じゃ、じゃあ証拠！　証拠を見せてほしいっす！」

「リリン、いきなりそれは失礼だぞ」

「だって信じられないんすよ！　セルビアさんウチと同じくらいの歳の見た目っすし、ビーストマスターなんて見たことないっすから！　先輩だって見たくないすか？」

「それは……そうだが……」

二人の視線が私に集まる。私は困ってしまう。

「えっと……」

ビーストマスターである証明？

って、どうすればわかってもらえるのかな？

三つの適性を見せればいいのかな？

「セルビア、何か見せてやってもらえるか？」

リクル君からもお願いされる。私は悩みながら答える。

「見せるのはいいけど、どうすればいいのかな？　テイムした生き物は向こうの国に置いてきちゃったし、憑依は身体《からだ》への負担が大きくて相手の同意もいるから、意味なく使いたくないんだ。だから見せられるとしても召喚だけになるの」

「そうなのか。だそうだが、どうだ二人とも」

「た、確かにそうっすよね。お手軽な力じゃないっすもん」

「うむ、僕としたことが軽率だった」

二人とも申し訳なさそうに……。

そして残念そうな顔をする。なんだか私まで悪い気持ちになってきてしまった。

「全ては見せられませんけど、召喚だけでもよければお見せできますよ？」

「そうっすね。せっかくなら見せてもらいたいっす」

「うむ。僕も同じサモナーだ。セルビアさんが何と契約しているのか、個人的に興味もある」

「いいな。俺も少し興味はあるんだ。知り合ってから随分経《た》つが、直《じか》にお前の力を見せてもらったことはなかったし」

言われてみればそうかもしれない。

リクル君の前で、私が調教師らしいところを見せたことはない。

あるとすれば街で助けられた時。私は召喚を使おうとして、リクル君に止めてもらった。

「じゃあ、外に移動してもいいですか？」

「ああ」

せっかくだ。リクル君にも見てもらおう。この十年で、私がどれだけ成長したのか。

立派なビーストマスターになれたことを。

気合を入れて外に出る。宮廷の庭は広いけど、セントレイクに比べたら小さいほうだ。

ざっと見渡し、スペースを確認する。

予想していたより小さい。この広さだと、召喚できる対象にも制限が出てしまう。

「何を召喚するっすかね～。やっぱ聖霊っすか？」

「女性は聖霊に好かれやすい。可能性としては一番高いだろうね」

「あー、だから先輩って聖霊を召喚できないんすね。嫌われてるから」

「ぐお……どうして君はそういうことをストレートに言えるんだ」

彼らが談笑している間に、私は何を召喚するか思考する。

ルイボスさんの言う通り、女性サモナーは聖霊に好かれやすく、契約していることが多い。

私も、契約している相手なら聖霊が一番多い。けど、せっかく見てもらうんだ。どうせなら見栄《みえ》を張りたい。

特にリクル君には、私の成長を知ってほしい。でもこの広さだと限界がある。

だったら……。

私は空を見上げる。

「……よし」

決めた。

私はカバンから黒い結晶を取り出し、左手に握る。

「あれは黒石？　魔獣を召喚する際に使われる媒体だ」

「ってことは魔獣っすか。聖霊じゃないっすね」

「そうらしい。しかし……なぜ上を見上げているんだ？」

「さぁ？　もしかして、空に召喚陣を作るんじゃないっすか？　すっごくでかいのを」

「まさか。さすがにそれは——」

左手を突き上げ、右手で支える。

媒体に魔力を流し、召喚の呪文を唱える。

「巡れ、回れ、呼び戻せ——生と死の円環に牙を立てよ」

巨大な召喚陣が展開される。王都の空を覆いつくすほど巨大で、どす黒い輝きで満たされる。

私は集中している。誰の声も聞こえない……いいや、誰も口を開かない。

ただ黙って、空を見上げている。

「【サモン】——ウロボロス」

直後、稲妻が召喚陣に落ちる。光と力に満ち溢《あふ》れ、天を裂くように大蛇が現れる。

自らの尾にかみつき、円運動を続ける魔獣。ドラゴンに並ぶ世界最強の一角。生と死、永遠の時を司《つかさど》る大魔獣。

「ウ、ウロボロス!?」

「馬鹿な！　人間が契約できる魔獣じゃないぞ！」

「……はは、これは思った以上だな」

空を見上げていた三人が、ゆっくりと視線を戻す。

「どう、でしょうか？」

驚いてもらえたかな？

納得してもらえただろうか？

私がここで働くことを。

「す、すごすぎるっすよ」

「これがビーストマスター……なのか」

「規格外だな、セルビア」

第二章

通常、テイムした生物の所有権はテイマーにある。彼らは自分を手懐《てなず》けた主《あるじ》に従い、主の命令を遂行する。と同時に、主の仲間や同種族に対しては仲間意識を持つため、仮に無関係な一般人が目の前に現れようと襲うことはない。

初対面でも簡単な命令なら聞いてくれる。時間をかけてお世話をすれば、テイムした本人以外にも懐く。

そこがテイムの利点でもある。

ただし、例外は存在する。

テイムした本人と、他者との力量に大きな差がある場合。たとえ同じ人間であっても、主以外の命令に耳を傾けない。

「だ、ダメです！　まったく命令を聞きません」

「なんてことだ……」

「……」

王都から外へ、盛大な生き物たちの大移動は今後語り継がれることになるだろう。

国を象徴する兵力を一気に喪失した。

この噂《うわさ》は瞬く間に王都中に、さらには国外にまで広まってしまう。

大国セントレイクで生物たちの大脱走が発生。ビーストマスターは何をしているのか、と。

◇◇◇

「……確認できた限りですが、王都で管理していた生物の半数がいなくなりました。どこへ向かったかは現在調査中です」

「……」

レイブンは陛下の前で説明を終える。頭を下げ、顔を見合わせない。

否、恐ろしくて顔を上げられないのだ。たとえ顔を見なくとも、陛下が怒っていることなど容易にわかるから。

「なぜだ？」

「……」

「どうしてこうなったのかと聞いている！」

「っ、申し訳ありません」

陛下に理由を尋ねられたなら、彼は謝罪することしかできなかった。なぜなら理由は明白だったから。

彼女だ。セルビアを国外追放したことで、彼女の管理下にあった生物たちが逃げ出した。

おそらくは彼女の後を追って。この状況の理由など他に考えられない。

だが、それを口にすることはできなかった。

彼女を国外へ追い出すように仕向けたのは、何を隠そうレイブンだったから。

ロシェルと婚約し、国内で調教師の才能を持つ者たちを集め、陛下にセルビアが不要になったことを進言したのは……。

「レイブン卿《きょう》、そなたは言ったな？　もうあの平民は必要ないと。ここから先は自分にまかせてほしいと」

「……」

「質問に答えよ」

「はっ！　そう……お伝えしました」

「その結果がこれか？」

レイブンは唇をかみしめる。

返す言葉もなかった。

ビーストマスターの存在、生物の数はそのまま国力に直結する。半数を失ったということはつまり、国が半分の力を失ってしまったことを意味する。

大国として君臨していたセントレイク王国の地位が危うい。

その事態を招いたのは、紛れもなくレイブンだった。

「どうするつもりだ？」

「な、なんとかいたします」

「具体的に申してみよ。この状況、長くは続けられない。すでに隣国には伝わったはずだ。敵対国家の耳に入ればどうなるか。そなたにもわかるだろう？」

「……」

これまでセントレイク王国は、あらゆる状況に対して有利に立ち回ることができた。貿易、戦争、人的交渉。そのすべてにおいて、主導権を握ることが可能だったのは、ビーストマスターの存在が大きい。

下手に喧嘩《けんか》を売れば自分たちが危ないと知らしめられていた。しかし今、その力はない。今までにらみ合い、抑え込んでいた敵対国家が動き出す。つまりは、戦争が起こる。力を失った大国など恐れはしない。

瞬く間に戦火に巻き込まれることになるだろう。

「ことは一刻を争う事態だ。そなたの行動如何《いかん》に、国の未来が関わる。希望的観測ではない。より確実な対応を提示せよ」

「……彼女を、連れ戻します」

「セルビアか」

「はい。お、おそらく脱走したのは彼女が管理していた生物です。彼女が戻ってくれば、共に生物たちも戻るはずです」

レイブンは声を震わせながら進言する。具体的な策と言われたら、もうそれしか考えられない。

れない。

他にビーストマスターを用意することなど不可能。ならば彼女を引き戻す。

それしかない。

「行方はわかるのか?」

「生物たちが向かった方角かと……」

「すでに国外へは出ているはずだ。捜せたとして、どうやって連れ戻すつもりだ?」

「か、彼女も戻れるならそうしたいと考えているはずです。ビーストマスターの称号は、調教師にとって最大の名誉。それを取り戻せるなら喜んで宮廷に戻るでしょう」

と、必死に説明しながら内心では焦っていた。

そんなことはない。彼女が称号に固執していないことも、追放されることを喜んでいたこともレイブンは知っている。

仮に戻れと言われて、彼女が戻ってくるだろうか?

可能性は薄い。もし仮に、他国がすでに彼女を取り込んでいたら?

その場合はより困難となる。

しかし彼には選択肢がなかった。

「時間はない。最低でも一月以内には解決せよ。でなければ……わかっているな？」

「はっ！　必ず連れ戻してみせます」

できなければ自分の身が危ない。否、国の存続すら危うい。

もしこの国が他国に蹂躙《じゅうりん》されれば、その原因のほとんどは彼にある。

失敗は許されない。王座の間から出てきたレイブンは、唇を噛《か》みしめながら決意する。

「……セルビア」

彼女を連れ戻す。なんとしても。

どんな方法を使ってでも。

◇◇◇

セルビアが消えた宮廷は慌ただしかった。

主に調教師たちが、脱走してしまった生物たちの捜索に当たることになったからだ。

「なんで私たちまで」

「本当よ。失敗したのってあれでしょ？　ロシェルさんとこの」

「しっ！　聞こえるわよ。一応彼女、レイブン様の婚約者なんだから」

「ふんっ、そのレイブン様がビーストマスターだったセルビアさんを追い出したって噂よ。面倒なことをしてくれたわまったく」

ロシェルや彼女の部下を除く調教師たちも、この件には無関係でありながら捜索に駆り出された。

今回の失態は、宮廷調教師全体の管理不足としてお叱りを受けたからだ。しかし実際は違う。

レイブンが先導し、セルビアを追放した後釜に、ロシェルと新人をはめ込もうとした結果である。

皆、セルビアのことは快く思っていなかった。平民でありながらビーストマスターの地位についていたから。誰もが嫉妬していた。と同時に、その実力は認めていた。同じ力の一端を持つものだからこそ、セルビアがいかに優れた存在か理解できていたから。

ロシェルは未熟だった。理解しているようで、何もわかっていなかった。自身とセルビアとの間にある、見えないほど深い溝を。

「ロシェル」

「レイブン様」

彼女のもとにレイブンがやってくる。

ひどく暗い表情で、怒りに満ちた瞳で。

「今すぐセルビアを捜す。君にも協力してもらうぞ」

「え、セルビアさんを、ですか？　どうして今さら、彼女は追放して——」

「言わなくてもわかるだろう！」

レイブンが怒りに声を荒らげる。

部屋中に響き渡る声量に、ロシェルは怯《おび》えて震える。

「この状況こそが理由だ！　他の何がある！」

「……申し訳ありません」

「まったくだ！　君たちが彼女の代わりをできるというから進めたのに！　このままでは僕が責任を取らされる。わかっているな？　君たちも同罪だぞ」

「——っ、はい」

ロシェルも言い返したい気持ちはあるだろう。しかし、セルビアの代わりを自分たちがすると、そう進言したのはロシェルだった。

彼女が一番、セルビアの力を見誤っていた。

自分しか見えていなかったのだ。

彼女を蹴落とし、自分が上に立つ未来を夢想して、現実から乖離《かいり》していた。

「部下たちも総動員して捜すんだ。見つけ次第僕に報告しろ。可能ならその場で連れ戻す。もしも抵抗するようなら……手段は選ばない」

「レイブン……様？」

それはかつて見たことがないほど、どす黒く下劣な表情だった。

ロシェルは察する。自分が利用した男が、どれほど愚かで恐ろしい思想を持っているのか。

その瞳は、まるで餓《う》えた魔獣のようだった。

◇◇◇

「やってくれたな。セルビア」

「ごめんなさい……」

しょんぼりしながら謝罪する。リクル君がため息をこぼし、報告書に目を通す。

「王都の空を突如覆った謎の大蛇……おかげさまで王都は大混乱だよ」

「……はい」

張り切りすぎた。みんなにいいところを見せたくて、ウロボロスを召喚してしまった後で気づく。

ここはセントレイク王国じゃない。

私のことを誰も知らない。そんな場所で、いきなり空に大蛇が出てきたら？

誰だって怖いし驚くよね。

「考えが及びませんでした……」

「いや、まぁ俺も変に煽《あお》った気がするし、責められる立場じゃないんだが……次からは何を召喚するか、事前に相談してくれ」

「はい」

私は改めて、深々と頭を下げた。

「本当にごめんなさい」

「ああ、次から気を付けてくれ。基本的に王都内で召喚は使わないこと」

「そうします」

今日までの人生で一番の反省を見せる。一先《ひとま》ず今回に関しては大きな騒ぎになるまえに収めることができた。

事態を察したリクル君が手を回し、王都の人たちに私のことを紹介してくれたんだ。

新しい宮廷調教師が入ることになったこと。その試験をしていた、という嘘《うそ》の情報を交ぜ合わせて。

ビーストマスターであることも同時に公表したおかげで、恐怖心はほぼ全て期待へと昇華された。

この国にもついにビーストマスターが誕生した！

「今や国中その話題で持ちきりだぞ」

「な、なんだかお恥ずかしい」

「ははっ、これでもう逃げられなくなったな。お前は嫌でも、この国の一員として働いてもらうぞ」

「逃げるつもりなんてないよ。私も頑張るつもりでいるから」

彼の手を取った時、私は決めていた。

私はここで生きていく。人間らしい生活をして、当たり前の幸せを手に入れるんだ。

そのためにも。

「さて、本格的に仕事を始めてもらうことになるんだが、何か希望はあるか？　期待のビーストマスターだ。大抵の希望なら通るぞ」

「じゃあ、休みをちゃんとください！」

「ん？　ああ、そうだったな。お前はそれすらなかったのか」

「うん。だからほしいものってそれくらいなんだ。ちゃんと休みがとれて、仕事とプライベートを分けたい」

それだけが私の欲だ。

と伝えると、彼は笑ってしまう。

「ふっ、国の象徴にすらなりえるビーストマスターの願いが、ただ休みがほしいだけか。そんなことを願うのはきっとお前くらいだぞ？」

「そうなのかな？　他のビーストマスターには会ったことないからわからないけど、みんな忙しいんじゃないかな？」

「お前ほどじゃないさ、きっと。よしわかった。お前の希望はちゃんと聞こう。ちゃんと働いて、ちゃんと休め！」

「うん。ありがとう」

それさえあればいい。

休みがあるだけで、私にとっては天国だ。

「話は以上だ。俺はこのまま仕事がある」

「うん。じゃあ私は行くね」

ここはリクル君の執務室。彼の前にあるテーブルの上には、山のように書類が積まれていた。

見るだけで嫌になるような量だ。

あれを一人で処理するの？

王族も以前の私に負けず劣らず大変なお仕事だ。

「リクル君、頑張ってね」

「おう、そっちもな」

私は彼に背を向けて立ち去ろうとする。するとリクル君が。

「あ、待った」

「ん？」

呼び止められて振り返る。

まだ何か話があるのかな？

振り返った先で、リクル君は優しく笑っていた。

「その制服、似合ってるぞ」

意外な一言に驚く。私が着ているのは、この国の宮廷調教師の制服だった。

デザインはセントレイクで着ていたものと大きく違う。

あちらは豪華に見せるためか、無駄な装飾が多かったし、正直動きにくかった。

こっちはシンプルだ。白をベースに、スカートの長さもちょうどよくて、生地も伸びるから動きやすい。

派手さはないけど、私にはこっちのほうが合っている。

そう、個人的にも思っていたから。

「ありがとう」

彼の言葉は素直に嬉《うれ》しかった。私は再び背を向けて、執務室を出て行く。
頑張ろう、そう思いながら。

◇◇◇

足取りは軽やかに、宮廷調教師の仕事部屋へ向かう。
これから仕事だ。いつもなら憂鬱で、すぐに帰りのことばかり考えていたのに。
今は楽しみで仕方がない。
しばらく休んでいたからかな？
自分でもありえないことだけど、早く仕事がしたいと思っている。
「ふふっ」
おかしくて笑ってしまう。
私って意外と仕事が好きだったのかな？
それとも、ここが特別なのかな？
あっという間に部屋の前にたどり着く。私は呼吸を整えて、扉を叩《たた》く。
挨拶は昨日済ませた。二人とも気のよさそうな人だったし、仲良くなれる……はずだ。
「おはようございます」

私は元気よく挨拶をした。

すでに二人は集まっていて、揃《そろ》ってこちらを向く。

「ああ、おはよう――」

「マスター！　おはようございます！」

「ふぇ？」

ルイボスさんの穏やかな挨拶を遮って、横から矢のごとく飛んできたのはリリンさんの謎の挨拶だった。

「ま、マスター？」

困惑する私と、やれやれと首を振るルイボスさん。

リリンさんは目を輝かせている。

「えっと、なんでその呼び方なんですか？」

「当然じゃないっすか！　だってビーストマスターっすよ！　まじで憧れるっす！」

「昨日とはすごい差だね。疑っていたのに」

「うるさいっすよメガネ」

「先輩すらなくなった⁉」

コミカルに罵られたルイボスさんはしょんぼりする。

それを華麗に無視して、リリンさんは私のもとへ急接近して、両手をぎゅっと握る。

「昨日のウチは馬鹿だったっす！　マスターは間違いなく特別な人っすよ！　だってあんなの召喚できちゃうんすから！」

「ウロボロスのことは忘れてほしいなぁ。あれでみんなに迷惑かけちゃったから」

「忘れないっす。あの衝撃がウチの心に火を付けました！　ウチ、マスターみたいな調教師になります！」

「いや、君はテイマーなんだから無理だよ？　リリン？」

「だから童貞メガネは黙っててください」

「はい……」

　ついに二人の立場が逆転した!?

「えっと、その、とりあえずマスターはやめてほしいんですけど……恥ずかしいから」

「じゃあなんて呼べばいいんすか？　師匠？」

「そ、それもやめてください」

　マスターより恥ずかしいから。

「普通に名前でいいですよ」

「セルビア姉さん！」

「姉さんはいらないんじゃ……たぶん歳《とし》もそんなに変わらないと思いますし、ここじゃ私のほうが後輩ですから」

「そんなの気にしないっすよ！　むしろセルビア姉さんこそが先輩です！」

瞳をキラキラさせて語る彼女を見ていると、何かに似ている気がする。

この感じ……そう！

犬だ！

リリンさんはちょっと犬っぽい。人懐っこくて可愛《かわい》らしいところとか。

「ちなみにウチは十六歳っすよ」

「わ、若い！」

「彼女は宮廷でも最年少ですからね」

「ちょっとメガネ、気安く姉さんに話しかけちゃダメっすよ！」

「ぼ、僕のほうが先輩なんだが……」

どんどんルイボスさんの立場が弱くなっていく。非常に申し訳ない気分だ。

別に私は何も悪くないのだけど。ひどく落ち込む彼を横目に、リリンさんが尋ねてくる。

「姉さんはおいくつなんすか？」

「私は今十八で、もうすぐ十九歳になります」

「やっぱり姉さんっすね！」

「も、もうそれでいいです」

この子には何を言っても無駄だと悟った。

それに、慕ってくれること自体は悪い気がしなかったから。

「その若さでビーストマスターとして活躍していたのですか。やはり凄《すさ》まじい才能ですね」

「私は九歳のときから宮廷で教育を受けていたので、そのおかげもあると思います」

「なるほど。才能だけではない努力の結果というわけか。僕も見習わなければならないな」

「そうっすよ。見習ってくださいっす」

「君もだよ……」

終始不憫《ふびん》な扱いを受けるルイボスさんと、からかって遊んでいるリリンさん。

面白い二人に挟まれて、賑《にぎ》やかな宮廷での生活がスタートする。

さっそくお仕事の時間だ。ひとえに宮廷調教師と言っても、適性の有無によってやれることはわかれる。

私のように三つすべての適性があればなんでもできるけど、そうでない人のほうが大半だ。ただ、宮廷での仕事は概ね共通している。

「それじゃさっそく世話をしに行きましょうか？　ちょうど朝の餌やりの時間です」

「うっす！」

「はい」

この部屋は隣の飼育場へ直接つながっている。入り口とは違う鉄の扉を開けると、そこは広々としたドーム状の建物の中。普通の動物から凶暴な魔獣まで、たくさんの生き物でごった返している。

「やっぱり魔獣が多いですね」

「そうっすね。魔獣が一番役立ちますから。戦闘、護衛、荷物持ち、素材集め……懐いてくれたらいい子たちばっかりっすね」

私たちが中に入ると、一斉にこちらを向いた。

獰猛《どうもう》な魔獣がギロっとにらんでいる……ように見えてそうじゃない。

ただ確認しただけだ。

襲ってくることもなく、気にせずのんびりする個体がいれば、餌の時間を察して駆け寄ってくる子もいる。

この辺りは犬や猫といったペットと大差ない。

懐いてしまえば、種族の差なんて私たち調教師にとっては些細《ささい》なことだ。

「餌やり順番にお願いするっす！」

「わかりました」

与える餌も種類によってバラバラだ。

肉食、草食、雑食。中には血を好んで飲む吸血タイプの魔獣もいる。

こういう時は先に、腐ってしまいやすい生肉から与えるのがセオリーだ。

私は生肉の入った台車を引っ張り移動する。ぱっと目についたのはサラマンダーだった。

火を吐く巨大なトカゲで、火山や渓谷に生息している魔獣の一種。

きわめて凶暴で人間をよく捕食する。

「あ、言い忘れてたっすけど中には凶暴な子もいるっすからね？　たとえばサラマンダーとか特に——って、えぇ！」

「え、ど、どうしたんですか？」

サラマンダーに餌を与えていたら、後ろからリリンさんの声がしてビクッと反応する。

危うく撫《な》でている手がサラマンダーの目に入ってしまうところだった。サラマンダーも驚いて食べるのをやめてしまっている。

「ごめんね？　食べていいよ」

というと、言葉を理解したように食べ始める。

人間とは異なる生物。言葉はわからないけど、テイマーの才能を持つ人間であれば、簡単な意思疎通は可能となる。

「まじっすか……この子すっごい凶暴で、ウチ以外には触らせてくれないんすよ」

「そうだったんですか？」

「そうっすよ。他の人が触ろうとすると高熱を発して火傷《やけど》させるんす」

「サラマンダーの防衛反応だね」

話しながらすりすり触る。

サラマンダーの鱗《うろこ》はほんのり温かくて気持ちいい。警戒されていなければ火傷もしない。

「初めてっすよ。こんなに安心して食べてるの」

「いい子だね」

「なんかお母さんの前みたいっすね……これもビーストマスターの威厳っすか！」

「そういうのとは違うと思いますよ。この子をテイムしたのはリリンさんですよね？」

「わかるんすか？」

「もちろん。触れた時にリリンさんの魔力を感じたので」

テイムした生物には、テイムを成功させた人間の魔力が混ざる。その微《かす》かな力を、同じ力を持つものなら感じ取れる場合がある。

「この子がリリンさんにしか懐かないのは、きっとリリンさんがテイマーとして優秀だからです。この子たちにはわかるんですよ。この人は他の人と違うって」

「……」

「リリンさん？」

「あ、すみませんっす。なんか感動してました」

感動？

ぼーっと私を見ていたから何かと思ったら、思わぬ一言が飛び出した。

彼女は嬉しそうに笑いながら言う。

「ウチ、あんま褒められたことなくて、周りにもウチがやってること理解できる人がいなかったんすけど。ビーストマスターに褒められるなんて、一生の自慢っすよ！」

「大袈裟《おおげさ》ですよ」

「そんなことないっす！　この子も、姉さんの前だから安心してるんすよ。姉さんが言ったんじゃないっすか。この子たちにはわかるんだって。そういうことっすよ」

別に、自分がそうだからと言いたかったわけじゃないのだけど。

「ありがとうございます」

「こっちのセリフっすよ。それから無理してウチに敬語とか使わなくていいっすよ？　ウチも苦手でこんな話し方だし、メガネ先輩もあれで懐深いから許してくれるっす。いい人っすよ」

彼女はニコッと微笑《ほほえ》む。それを本人に言ってあげれば……と密《ひそ》かに思う。

そういうことならお言葉に甘えよう。

「リリンちゃん、でいいかな？」

「もちろんっす！」

「ありがとう。リリンちゃんとルイボスさんの二人で管理してるんだよね？　ここの生き物全部」

「そうっすよ！」

飼育場にはたくさんの生き物がいる。

数は簡単には数えられない。それほどの生き物たちを、たった二人で面倒を見ている。

「大変だったでしょ？」

「そうっすね。楽ではなかったっすけど、ウチは好きなんすよ。動物の世話しているの」

そう言いながら彼女はグリフォンに餌をあげている。

グリフォンも野生では凶暴だ。

しっかり彼女に懐いているから、彼女の手から直接餌を食べている。

「可愛いっすよね動物って、魔獣もこうしてみると。あんま理解されないっすけど」

「ううん、わかるよ」

「本当っすか？」

「うん。だって私もテイマーだから」

彼女の気持ちはわかる。どんな生き物にもよさがあり、個性があり、魅力がある。

魔獣だって凶暴さを取り除けば、愛らしい姿を見せてくれる。

私たちはそれを知っている。ううん、私たちだけが知っている。

「こんなに懐いてくれるのも、私たちの特権だね」

「そうっすね！」

これも一つのやりがいか。私は、忘れていた感覚を思い出す。

生き物に囲まれる幸せを、私はずっと感じていたはずなんだ。

◇◇◇

「さすがっすね姉さん！　もう全部の子たちを覚えたんすか？」

「うん、大体は」

「結構数いたっすよね？　しかも完全に懐いちゃってるし……」

餌やりの時間。私のもとに魔獣や動物たちが集まってくる。

凶暴な子も、大人しい子も、恥ずかしがりやな子もいる。個性豊かな仲間たちに囲まれて、私は今日も宮廷調教師として働く。

「ちょっと妬《や》けちゃうっすよ」

「リリンちゃんのテイムが完璧だったからだよ。私がこんなにも早く馴染《なじ》めたのは」

「そうっすかね～」

彼女はちらっと視線を向ける。その先にいたのは、メガネを奪われて走り回るルイボスさんだった。

大鷲《おおわし》の魔獣、グリムグレンにメガネを取られてしまったようだ。

「こらぁー！　僕のメガネを返せー！」

「何か月も経《た》ってあの状態の人もいるっすけどねぇ」

「返してくれ！　それがないとまともに前も見れない、ぐえ！」

「あ、転んだ」

「大丈夫なのかな？」

「大丈夫っすよ。いつものことなんで」

リリンちゃんのいう通り大丈夫だったらしい。すぐに立ち上がってメガネを追いかけて行った。

ルイボスさんは魔獣からもからかわれやすい雰囲気があるのかな？

懐いていないわけじゃなくて、友達だと思われているのだろう。そうじゃなきゃ、今頃襲われてパクリだから。

「あれも一つのコミュニケーションだよ」

「一方的に遊ばれてるだけっすけどね」

「あははは……」

その点は否定できないな。

穏やかで平和な時間が過ぎていく。新しい職場の環境は最高に心地いい。

仲間たちは親切で明るいし、ちゃんと休む時間も確保されている。

忙しいけど激務には程遠い。要するに、私が求めていた理想の職場だ。

改めてリクル君には感謝しないといけないな。

「リクル君……今日も来ないのかな」

「殿下っすか？」

「あ、うん」

声に漏れてしまっていたらしい。

隣で餌やりをしていたリリンちゃんが反応した。

「王城でも最近見かけないなーと思って」

「忙しい方っすからね～。今頃執務室で書類と睨《にら》めっこしてるっすよ」

「そっか。そうだよね」

私は彼がいるであろう方向を見つめる。

壁に阻まれて見えないけど、この先にきっとリクル君はいるのだろう。

彼は王子だった。前に彼の執務室に入った時、テーブルの上に大量の書類が積まれていたことを思い出す。

私たちとは違う。王子様だからこその忙しさがあるのだろう。

もし一歩も執務室から出られないほど忙しいなら……昔の私より大変かもしれないな。

少なくとも私には、一日中座って仕事をするなんて耐えられそうにない。

「ずっと気になってたんすけど、姉さんと殿下ってどんな関係なんすか？」

「え？」

唐突にリリンちゃんから質問が飛んでくる。

驚いた私は餌やりの手をぴくっと止めた。

「どんなって？」

「なんか妙に親し気っすよね？」

「そうかな？」

「そうっすよ！　殿下のことリクル君なんて呼ぶ人初めて見たっす」

それは当然だろう。相手は一国の王子様なわけだし、普通はありえないよね。

自分でもわかっている。

特に今みたいに、他人から指摘されると余計にハッとなる。

「姉さんを突然連れて帰ってきたのもビックリしたっす。ホントどういう関係っすか？

誰にも言わないから教えてほしいっす！」

「何の話をしているんだい？」

「チッ、邪魔なメガネが来たっすね。ほい！」

「あ、僕のメガネに何をするんだー！」

リリンちゃんはルイボスさんのメガネを奪い、上へ放り投げた。

それをグリムグレンが華麗にキャッチ。追いかけっこを再開する。

「よし。これで邪魔者はいなくなったっすね」

「す、すごいことするね……」

「そりゃー聞きたいっすからね。で、どんな感じなんすか？」

「ただの昔馴染みだよ」

別に隠すようなことでもない。

リクル君と初めて出会った日のことをリリンちゃんに語った。

仕事もあるから短めに、わかりやすくまとめて。所々端折《はしょ》ったけど意味は伝わるはずだ。

「――で、十年ぶりに再会したわけっすか」

「そういうことだよ。あの時はビックリしたなぁ。まさかリクル君が王子様だったなんて知らなかったし」

「……」

「リリンちゃん？」

話を聞き終わった彼女は俯《うつむ》いてしまった。わずかに震えている気がする。

笑っている？

それとも何か気に障った？

「なんすかそれ……」

「え……っと？」

「そんなのもう運命の相手じゃないっすか！」

「わっ！　び、ビックリしたぁ」

急に俯いていた顔をあげて、鼓膜が破れそうなくらい大きな声を出された。

周りの子たちも驚いて飛び上がったよ。とりあえず怒っているわけじゃなかったからよかった。

「初めての出会いも偶然で、再会も偶然！　しかもお互いに会いたいと思っていたわけっすよね？」

「う、うん」

ぐいぐい顔を近づけて聞いてくる。

興奮しているのか呼吸も荒い。

「まっさに運命！　二人の出会いは運命で決まっていたんすよ！」

「そ、そうなのかな？」

「間違いないっす！　乙女の勘が告げてるっす！　姉さんこそそういうの感じなかったんすか？　姉さんが一人で寂しい思いをしてる時に現れたんすよ！」

「そう、だね……」

運命……か。

考えたこともなかったけど、言われてみればそうなのかも？

会いたかった思いはお互いにあって、私が辛《つら》いときに彼は目の前に現れた。その手を取って連れてきてもらった場所で、私はこうして新しい日々を送っている。

もし、これが運命だとすれば……。

「感謝しないといけないな」

「誰にだ？」

「それはもちろん——ってリクル君？」

「殿下!?」

いつの間にか私たちの背後にリクル君が立っていた。

二人して思わずたじろぐ。

「そんなに驚かなくても……」

「急だったから。お仕事中じゃなかったの？」

「一段落したから様子を見に来たんだ。上手《うま》くやれてるか？」

「うん。おかげさまで」

「そうか。ならよかった」

そう言って彼は笑う。私は彼の瞳をじっと見つめる。

運命……。

もし本当に、この出会いが運命だとしたら……。

私たちはこれから――

「どうした？」

「ううん、なんでもない」

今はまだ深く考えなくてもいい。

いずれきっと、考えたいと思える時が来るはずだから。

第三章

「じゃあまたな」

「うん」

軽く談笑して、リクル君は去っていく。ふと立ち止まり、振り返る。

彼は思い出したかのように口を開く。

「あ、そうだ。明日の夕方、父上が帰ってくるらしいから仕事を早めに切り上げて待っていてくれ。お前のことを父上に紹介したい」

「うん。わかった」

今度こそ、リクル君は去っていった。小さく息を吐いて呼吸を整える。

リクル君のお父さん……つまり、この国の王様に会う。

さらっと話されたことだけど、私にとっては大きな出来事になりそうだ。

今から少し緊張する。リクル君とは小さいころに顔を合わせているけど、国王陛下のことはあまり知らない。

顔すら見たことがない。

「ねぇリリンちゃん、陛下ってどんな――」

「姉さんついにっすよ！　殿下が陛下に紹介したいって！　これってもう結婚前の挨拶っすよ！」

「けっ、結婚？　なんでそうなるの？　普通に新しい働き手を紹介したいだけだよ」

「いやいやいや！　絶対それだけじゃないっすよ。乙女の勘がそう言ってるっす」

興奮してしまったリリンちゃんはペラペラと憶測を語る。

私が何度否定しても聞いてくれない。

本当は彼女に陛下のことを聞きたかったけど、この様子じゃまともなことが返ってきそうにない。

私は小さくため息をこぼす。

「明日かぁ」

リクル君のお父さんって、どんな人なのかな？

優しい人だといいな。リクル君みたいに。

◇◇◇

翌日。緊張している時こそ、時間は瞬く間に過ぎていく。

言われた通りに仕事を手早く終わらせ、私は一人で王座の間に向かう。

「き、緊張する……」

声に出てしまうほどに。

王座の間には、国のトップだけが座ることを許された椅子がある。

陛下との謁見に使われる部屋でもあって、入ることができる者は限られている。セントレイク王国でビーストマスターの称号を授かる時、一度だけ訪れたことがあった。

国が違うから風景も異なるだろうけど、意味合いはあまり変わらない。

陛下と直接顔を合わせ、会話をするための場所だ。

「セルビア」

「リクル君！　待っていてくれたの？」

王座の間へ向かう途中に、リクル君がいた。

彼は私が来るのを待っていたようで、壁にもたれかかってこっちを見ている。

「そりゃな。俺がお前を紹介するんだ。一緒に行くに決まってるだろ？」

「それもそうだね。てっきりリクル君は先に中で待っているのかと思ってたよ」

「それでもよかったんだがな」

話しながら歩み寄る。

何かおかしかっただろうか。彼はクスリと笑う。

「そんなガチガチに緊張してる奴《やつ》を、一人で行かせるのは可哀《かわい》そうだろ？」

まったくその通りだった。意地悪を言っているみたいな顔で、私を気遣ってくれたらしい。

嬉《うれ》しいような、恥ずかしいような。

「行くぞ。父上が待ってる」

「う、うん」

ともかく、リクル君が隣にいてくれるおかげで多少緊張は和らいだ。

一人で扉を開けるよりずっといい。

王座の間はすぐ目の前。仰々しい扉の先に、この国の王様が待っている。

「父上！　私です！」

リクル君も普段と一人称が違う。神聖な場所だからか、いつもよりもぴしっとしている
気がする。

私も自然と背筋が伸びる。

「リクルか」

中から低い男の人の声が聞こえた。

「入れ」

「わかりました」

許可を貰《もら》い、いよいよ中へ。扉を開ける直前、リクル君は小声で、行くぞと言ってくれた。


私はこくりと頷《うなず》く。

ゆっくりと、扉が開く。

「失礼します。父上」

玉座に座る一人の男性。リクル君と同じ髪の色、目の色。体つきがガッチリしていて、
髭《ひげ》を生やし、瞳は鋭く私を見つめる。

自然と身体《からだ》が強張《こわば》ってしまう。

「君が、リクルが連れてきたビーストマスターか？」

「はい！」

私はすぐに膝をつき、頭を下げる。

「初めまして陛下、この度新しく宮廷調教師となりましたセルビアです！　国王陛下、こ
うしてお会いできて光栄にございます」

「うむ、顔をあげよ」

「はい」

こういう時、宮廷で教育を受けていてよかったと思う。

目上の方との接し方も、その時に教えてもらった。平民上がりの私にとっては、宮廷で

出会う人すべてが目上の人だったから。

こういう作法とか接し方は不可欠だったんだ。

私が顔を上げると、陛下と視線が合う。

表情は硬く、笑ってはいない。しかし怒っているわけでもなさそうだった。

「若いな。歳《とし》はいくつだ？」

「十八歳です」

「そうか。リクルとは二歳差か。ちょうどいいだろう」

「……？　はい」

何がちょうどいいのだろう。陛下は真剣な顔つきで考えていらっしゃる。

続けて質問がくる。

「好きな食べ物は？」

「え……っと、甘いものなら大体は」

「趣味はなんだ？」

「趣味は……仕事ばかりだったのでそれ以外はあまり」

これは一体なんの時間ですか？

立て続けにくる質問が、どれもプライベートな内容ばかりで。私は困惑しながらも質問に答えていく。

五つくらいの質問に答えたあたりだろうか。

「そうか。それで、二人はいつ結婚するのだ？」

「けっ――」

驚くべき質問が飛び出して、陛下の前なのに私はひどくうろたえてしまった。

私の隣でリクル君が呆《あき》れている。

「父上……俺がいつ、そんなこと言いましたか？」

「む？　違ったのか？　てっきりそういう相手として連れてきたのかと思ったんだが」

「俺は嫁探しに行っていたわけじゃないですよ」

「そうか。早とちりだったか……少々残念だな」

陛下はあからさまにガッカリしていた。

その表情は、息子の成長に期待する父親そのものだった。

「父上、そのうっかり癖をいい加減直してもらえませんか？　今日だって、本来なら先週には戻ってくる予定だったはずでは？」

「そこは長引いただけだ。決して期間の日程を間違えたわけではない」

「どうだか」

「あ、あの……」

国王と王子が目の前にいる。もっと仰々しい会話が繰り広げられるかと思ったら、どこにでもいる親子の会話に驚く。そして戸惑う。

私だけがぽつんと浮いている気がして。

「ああ、すまない。私の勘違いから困らせてしまったようだ。リクルが歳の近い女性を連れてくるなど初めてのことだったからな。ついに誰かと婚約する気になったのかと思ってしまったのだ」

「は、はぁ……」

リクル君はため息をこぼす。

「父上には先に、お前の事情は伝えてある。俺たちがずっと前から知り合いだったことも、かの国でどういう扱いを受けていたかも」

「うむ、リクルから聞いた。ビーストマスターの称号を持つ調教師……噂《うわさ》には聞いていたが、まさかリクルと顔なじみの、しかもまだ若い女性だったとは。驚きを隠せない」

私には驚いているようには見えないけど……。

陛下は表情の変化が乏しいようだった。

その辺りはリクル君と違う。彼の場合は感情や場面に合わせてコロコロと変わるから。

「大変だっただろう。不当な扱いを受けていたと聞く」

「い、いえ……」

「否定する必要はない。かの国の傲慢さは、私も嫌というほど知っている」

そう言いながら陛下はため息をこぼす。

「私もかつて、かの国と関わりを持とうとした。世に名高い大国と親交を持てれば、この国の未来に繋《つな》がると思ったからだ。だが、交渉は決裂した」

私とリクル君が会っていた頃の話だ。

陛下は幼いリクル君をつれて、一月に一度のペースでセントレイクへ訪れていた。目的は国同士の協定、友好関係を築くことだった。だけど、それは失敗に終わってしまったらしい。

理由を陛下が語る。

「かの国の王は言った。我が国に殉ずるのであれば、庇護《ひご》下においても構わないと。それは友好的な協定ではない。この国を取り込もうとしていた」

「そんなことが……」

セントレイク王国は、大陸でも有数の大国家。有する兵力をちらつかせ、小国を取り込もうとしていたようだ。

私はあまり詳しくないけど、徐々に国土が広がったのはそういう理由なのだろう。

正直、ぞっとする。言い方を変えれば、それは侵略と呼べるだろう。

その一部分を担っていたのは、紛れもなく私たち宮廷調教師だ。

「あの国の威張る体質は十年経《た》とうと変わらない。私たちはもう関わっていないが、よくない噂も度々耳にした。君が置かれていた状況も納得できる。よく耐えた」

「――……」

この人は、私の境遇に同情してくれているの？　初対面の、貴族ですらない私の。私がイメージしていた国王とは違う。

なんだろう？

ただの優しい……父親のようなこの視線は。

「本当によく来てくれた。我が国へ、ようこそ」

「は、はい！」

私は改めて深く頭を下げた。

陛下は私のことを否定するわけでも、疑念を抱くわけでもない。ただ、歓迎してくれた。

それが嬉しくてたまらなかった。この国は……優しい人たちばかりなのかな。

「君の活躍に期待している。王としても、一個人としても。ビーストマスター……その称号を持つ者の実力を、早くこの眼《め》で見てみたいものだ」

「父上、それはまたの機会にしてくださいよ？　間違ってもここで何か見せてほしいとは言わないでくださいね」

「む、ダメなのか？」

「……また王都が大混乱になりますから」

ギクッと身体を震わせる。

リクル君はウロボロスの件を陛下に話していないのかな？

だったらこのまま黙っていてもらったほうが、私的にはありがたい。

「ふむ、残念だな。私もウロボロスというものを見てみたかったのだが」

あ……知っているんですね。

当然ですよね。国王様だし。

私は心の中で、申し訳ございませんと謝罪する。

「彼女の力を見る機会はいずれ現れますよ。それより父上、あの話を」

「うむ、そうだな。ここからが本題だ」

二人の雰囲気が変わる。真剣さがにじみ出る。

少しだけ重たい空気が漂う中で、陛下が口を開く。

「セルビア、君がこの国に来たことで、今後起こりうる最大の問題について話しておく必要がある」

「最大の問題……？」

私、何かしちゃったかな？

知らない間にこの国に迷惑をかけるようなこと……。

「それは――」

「た、大変です陛下！」

陛下が語ろうとした直後、勢いよく扉が開く。

中に入ってきたのは一人の騎士だった。

まだ若い。ノックもなしに入ってくるなんて無礼極まりない行為だけど、彼はひどく焦っていた。

尋常ならざる慌てように、陛下とリクル君も顔をこわばらせる。

リクル君が騎士に尋ねる。

「何があった？」

「王都の南方より、魔獣の大群が侵攻しております！」

「魔獣だと？　こっちへ来ているのか？」

「は、はい。まっすぐ王都へ」

その場の全員が、息を呑《の》む。騎士から伝えられた魔獣の総数は、目測で数千以上。

数が多すぎて数えきれない。

それほどの大群故に、騎士は焦りを露《あらわ》にしていた。

「父上」

「うむ、早急に兵を集めて王都の守りを固めるように伝えよ。総力をあげて王都を守り抜くのだ！」

陛下の声が響く。二人の表情にも焦りが見える。

リクル君が私に言う。

「そういうわけだセルビア。悪いが君にも手伝ってもらいたい」

「もちろんだよ」

むしろ有難いくらいだ。

王都の窮地にこんなことを思うべきじゃないのだろうけど。

陛下に、私の力を見てもらうチャンスだ。

◇◇◇

「どどど、どうするんすか先輩！」

「落ち着けリリン。こういう時こそ冷静になるんだ。焦りは周りの生き物にまで伝わる」

「そ、そうは言っても数千っすよ？　どう考えてもこっちの戦力足りてないじゃないっすか！」

「何とかするしかないだろう」

魔獣の大行進の知らせは王城、宮廷に広められる。一気に慌ただしくなり、武装した騎士たちが敷地を出て行く。

私たち宮廷調教師も戦場へ赴く必要があった。

「急すぎるっすよ。今までこんなこと一度もなかったのに」

「僕だって経験がない。だが、やるしかないんだ。僕らで王都を守らないと国民が危ない。僕たちはこの国を守るために宮廷に入ったんだ」

「そうっすけど……」

不安で仕方がないのだろう。リリンちゃんを鼓舞するルイボスさんも、手足が震えている。

恐怖は彼らを慕うものたちにも伝わる。

飼育場がざわつきだす。一部はすでに、魔獣の接近を感じ取っているのだろう。

「そろそろ時間なので行きましょう」

「そ、そうですね」

「姉さんはなんでそんなに落ち着いてるんすか？　怖くないんすか？」

「大丈夫」

恐怖に震えるリリンちゃんの肩にそっと触れる。

私は精一杯、安心させる笑顔を見せる。

「この国の、みんなを私が守る。それが私の……ビーストマスターの役目だから」

私に与えられた役目の一つ、それこそが王国の守護。かつて仕えた国で、私は何度も戦場に駆り出された。

恐怖はあった。不安もあった。それらすべてに打ち勝って、こうして私は生きている。

培われてきた経験が、覚悟が言っている。

私なら守れる。

「行こう」

◇◇◇

魔獣が接近しているという報は、すでに王都中に広まっている。

大混乱となるのは必然だった。しかし魔獣はすぐそこまで迫っている。

逃げ出したくとも間に合わない。だから国民は皆、私たちに賭けるしかなかった。

期待ではなく、切望している。

どうかこの国を、日常を守ってほしいと。

「本当にいいんだな？」

「うん」

私は最前線に立っている。

リクル君にお願いして、先陣を切る役割をさせてもらうことになった。

「魔獣が相手なら私は有利に立ち回れるから」

「……確かにそうかもしれないが、相手は数千を超えている。無茶はするなよ」

「うん。ありがとう」

こんなにも心配そうな顔……初めて見る。

「大丈夫だよ。私これでも慣れてるから。もっと大変な場所に送りこまれたことだってあるんだよ？」

「……だからって、心配しない理由にはならないぞ」

「リクル君……」

リクル君くらいだよ。

そこまで私の身を案じてくれるのは。

「見ていて」

だからこそ全力で、彼を安心させなきゃ。

私は黒石を握り締めて、足元に向けて右手をかざす。

「皆さん下がってください！」

数は圧倒的に不利。テイムした生き物もセントレイクに置いてきてしまった。

現時点で私が対抗しうるのは質だ。

魔獣も統制が取れていなければ所詮ただの有象無象。より強大な力には勝てない。

「【サモン】！　グレータードラゴン！」

地面に展開された召喚陣から飛び出すのは、確認されている中で最大最強の飛竜種。ドラゴンの長老。黄金の鱗《うろこ》を身に纏《まと》いし姿は、まさに最強に相応《ふさわ》しい。

「行くよ」

「お、おお！　人が……人がドラゴンに乗っている」

「あれがビーストマスターのお力か」

「セルビア……」

このままグレータードラゴンの背に乗って突っ込む。群れの中心に移動したら、まずはテイム可能な魔獣だけ味方につける。

残りはこの子で倒して、最終的にはすべて私の仲間にしてしまおう。

それが一番いい。私にとっても、魔獣たちにとっても、王国にとっても。

全てを手に入れることすら選択肢にできるのが、私の強みだ。

グレータードラゴンが空を飛び、群れに突っ込む。

戦う覚悟が充満して、一気にあふれ出そうになっていた。だけど、私は違和感を覚える。

「……？　止まって！」

私は慌てて移動を中断する。

違和感。というより、懐かしさ？

「ビーストマスター様が出陣されたぞ！　我々も続けぇ！」

「おおー！」

「待ってください!!」

後陣に届くほど大きな声で制止する。

「セルビア？」

「……やっぱりこの子たち……おろして」

グレータードラゴンに命令して、私は地面に着地する。

ドラゴンの前に、私は一人で出る。

「何してるんだセルビア！」

「大丈夫」

魔獣の群れに接近する。だけど戦いにはならない。

そう確信していた。

なぜならこの子たちは――

「敵じゃないよ。この子たちは、私に会いに来てくれたんだ」

私がセントレイク王国でテイムした魔獣たちだった。

それに気づいたから私は無防備を晒《さら》せる。

魔獣たちは迫り、そして止まる。私の前で。

「私のことを捜しに来てくれたの？」

彼らは静かに私を見つめる。

その視線が、そうだと伝えてくれる。

「そっか。また会えてうれしいよ。みんな」

吠《ほ》える、鳴く、震える。それぞれが歓喜を表現する。

この子たちは皆、私を捜して後を追ってきただけなんだ。

戦うためじゃない。きっと道中も、誰も襲っていないはずだ。

そういう風に、私が教えてきたから。

「セルビア……まさか、セントレイクの？」

「うん。私がテイムした子たちだよ」

リクル君がゆっくりと私の後ろに歩み寄る。

恐る恐る。

「リクル君、この子たちも王都で一緒に暮らせないかな？」

「……これは……大変なことになったな」

私はこの時、数が多いことが問題だと思っていた。だけど、リクル君が懸念したことは別にある。

私の存在が、私がもたらす影響が、どれほど大きいものなのか。

私自身がまだわかっていなかった。

◇◇◇

魔獣の大行進は一人の宮廷調教師によって防がれた。

ビーストマスターの称号を持つ者。王都を混乱の渦に巻き込んだ事件の解決は、瞬く間に名を広げる。

その名は国中を駆け巡り、さらには国外へ轟《とどろ》く。

「ノーストリア王国にビーストマスターが誕生したんだって」

「そうなのか？　あの小国が？」

「ああ、これは世界情勢が動くぞ」

「今後どうなるか見ものだな。場合によっちゃ移住も考えねーと」

強大な力の存在は、人々にとって安心につながる。

必然、強い国に人は集まる。ビーストマスターの存在は、それだけで一国の未来を担う。

たった一人で国すら敵に回す力を持つがゆえに。

そして噂は、大国にも届いてしまった。

◇◇◇

ある日の昼。いつものように仕事をしていると、私のもとへリクル君がやってきた。

「セルビア」

「リクル君、どうしたの？」

「忙しいところすまないな。お前に来客だ」

「私に？」

なんだか雰囲気が重い。数日前、魔獣の大群の一件があってからずっと。

難しい顔をしていることが増えた。

「ついてきてくれるか？」

「う、うん」

少しだけ怖かった。何かよくないことが起こる予感がして。

その予感は的中する。

案内されたのは応接室。すでにお客人は私のことを待っていた。

「失礼します」

ノック後に中へと入る。

そこに座っていたのは、私もよく知る人物。できれば会いたくなかった人。

もう、二度と会うことはないと思っていた……。

「レイブン様？」

「久しぶりだね、セルビア」

どうして彼がここに？

戸惑い驚き、私はリクル君に視線を向ける。

「とりあえず座ろう」

「うん……」

当たり前だけど空気が重い。リクル君は一度も笑っていない。

対照的にレイブン様は、不気味にニコニコしている。

それが無性に、気持ちが悪い。

「こうして話すのは、君が国を出て行って以来だね」

「そうですね」

何を今さら、当たり前なことを。

自分が追い出したくせに。

「随分と捜したよ。まさか国を一つまたいだ先まで来ているなんてね」

「捜した……？」

レイブン様が私を？

一体どうして？

宮廷に忘れ物でもしたかな？

いや、あったとしても、忘れ物を届けてくれるような親切心はないはずだ。

私は知っている。この人の根っこにあるのは、自分可愛《かわい》さゆえの保身だけだ。

「どうしてこちらに来られたのですか？」

「決まっている。君を連れ戻すためだよ」

私はピクリと反応する。言葉の意味はわかる。けど、理解はできなかった。

「連れ……戻す？」

「そうだ。君には宮廷に戻ってもらうよ」

と同時に、怒りに似た感情が湧き出る。

この人はもう忘れているのだろうか？

自分が私を追放したことを。そのために準備までして、わざわざ私の退路を断ったことも。

今さらそれで……戻ってこい？

「なんの冗談ですか？」

「冗談を言いにこんな場所までわざわざ来ると思うかい？」

「……冗談ではないとしたら、私がどう答えるかもわかっているはずです」

「そうだね。君は喜んで戻ってくると言うよ」

私は言葉を失った。本心にせよ冗談にせよ、笑えない。

馬鹿らしくて。笑うことすらできず、ただただ呆れた。

「戻るわけないじゃありませんか」

「……いいや、君は戻る。そうしなければ大変なことになるからだ」

「大変なこと？」

「そう、戦争だよ」

「なっ……」

戦争？

レイブン様の口からとんでもない言葉が飛び出す。

驚き過ぎて目が丸くなる。

「何を……」

「これも冗談ではないよ。君が戻らなければ戦争になる。我々の国と、この国の間で。理由は……お隣の殿下はすでに気づいていらっしゃる」

「リクル君？」

さっきからずっと黙っている彼に視線を向ける。彼は難しい顔をして、ゆっくり目を伏せる。

否定しない、ということはつまり……。

「戦争……」

「君が原因で起こるんだ。君と、君がいなくなったことで脱走した魔獣たち……ここにいるんだろう？」

そんな情報まで手に入れている？

いや当然か。セントレイクは大国、情報の巡りも速い。ましてや自国の問題なら尚更《なおさら》だ。

ようやく話の全貌が見えてきた。

これは脅しだ。私が戻らなければ、セントレイクはこの国に攻め込むという。

「君の移動に合わせて魔獣たちが国を渡った。それは我々の国が管理する魔獣たちだ。即刻返却していただきたいが……できないのだろう？」

そう、不可能だ。

私がこの国にいる限り、あの子たちは一緒にいる。

わざわざ国境を越えて私の所へきた子たちが、元の場所へ戻れと言われて簡単に戻るわけがない。

私が命令しても、きっといずれまた私のもとへ来てしまう。

だから言っている。

私に、宮廷へ戻れと。

「これは見方を変えれば略奪行為に等しい。国際問題だ。今ならそれも、なかったことにできるんだよ」

「……」

私のせいでこの国が窮地に陥る。そんな光景は見たくない。

けど、このまま戻ったらまたあの地獄に……。

心が揺れる。どう答えるべきか、自分でもわからない。

そんな私を庇《かば》うように――

「お前の好きにすればいい」

「え……？」

ずっと黙っていた彼がようやく口を開く。

「リクル君？」

「なんのつもりですか？　リクル殿下」

「言葉通りの意味だ。戻るかどうかはセルビアが自分の意志で決める。俺たちはその選択を尊重する」

彼は毅然《きぜん》とした態度でそう言う。

それはつまり。

「残る選択肢でも、ということですか？」

「そう言っている。むしろ、俺としては残ってほしいと思っている」

「リクル君」

「ふっ、個人的な感情はそうでしょう。わざわざ手に入れた戦力をみすみす渡したくありませんからね」

が、これにリクル君は笑みを返す。

レイブン様は見透かしたように笑う。

「そっちも大変みたいだな」

あざ笑うかのように。

「……どういう意味ですか？」

「いや失言だ。忘れてくれて構わない」

「言いたいことがあるのであればおっしゃってください！」

「そうか？　だったら遠慮なく口出しさせてもらうぞ」

リクル君はニヤリと笑みを浮かべ、チラッと私に視線を向ける。

小声で私にだけ聞こえるように。

「任せとけ」

と言ってくれた。リクル君には何か考えがあるみたいだ。

私は小さく頷く。

「戦争が起こると言ったが、あれは脅しか？」

「事実を述べたまでです」

「違うな。戦争が起こるのは俺たちの国じゃない。そっちの国の事情だろ？　なにせ大国セントレイクが主力の半数を失ったんだ。敵対国家が黙ってないだろうな」

「っ……」

レイブン様の表情が強張る。

そうだ。当然のことなのに考えが抜けていたけど、困っているのはセントレイク王国のほうだ。

私が管理していた生物がすべて、私のもとへと帰ってきた。

ごっそりと戦力が抜けた穴を、彼らはどうやって埋める？

少なくとも短時間では不可能だろう。

ロシェルさんたちがいくら頑張っても、同じ戦力になるまでは最低でも三年はかかる。

その間、国をどうやって守る？

「戦争が起こって困るのはそっちだ。俺たちの国へは逆に攻めづらくなっている。ビーストマスターの誕生に、戦力の大幅強化が成された今、他の国々からも一目置かれている」

「じょ、状況的にはそちらも変わらない！　急に戦力が増えた国を警戒するはずだ！」

「あいにく、そっちと違って俺たちは敵が少ないんだ。元々が小さい国だからな。争いを避けるため、隣国との親交は順調に深まっている。戦力が増えたことで、彼らも俺たちの国と付き合うメリットが増えた。今頃喜んでいるはずだ」

「お、憶測にすぎない！　私が言っているのは我々と貴国との戦争だ！」

「攻め込むと？　それこそなんのメリットがある？　俺たちが争い消耗したところで、他国から一方的に狙われるだけだ」

　レイブン様の意見を早々に否定していく。

　リクル君は活《い》き活《い》きとしていた。不謹慎だけど、少し楽しそうに見える。

「あ、あなたでは話にならないな！　国王に会わせていただこう」

「残念だけどそれはできない」

「これは一国の大きな問題だ！」

「ならばどうして、そちらは王族でもない者が来ている？」

　無礼にも声を荒らげたレイブン様に対して、リクル君は低い声で指摘する。

　まさにその通りだ。国同士の大きな問題だとすれば、レイブン様はこの場に相応しくない。

　王族か、それに近しい者をよこすべきだった。

「大方、今回の件の責任を取らされることになったか？　セルビアから聞いているよ。浮気して、彼女を追放したのは誰の仕業なのか」

「くっ……」

レイブン様が私を睨《にら》む。

けど、不思議とちっとも怖くない。

「事実です」

「お前は……」

「その結果がこの事態だ。さぞ怒っているだろうな。そちらの国王は」

リクル君が煽《あお》る。

図星なのだろう。レイブン様が顔を真っ赤にして怒りを露にする。

「小国の王子の分際で」

「お前こそ、ここは俺たちの国だ。部外者は早々に出て行ってもらおうか」

「っ、どこまでも私を……」

「おっと、肝心なことを忘れていた」

リクル君が私に目を向ける。

優しくさわやかな笑顔で。

「お前はどうする？　戻りたいか？」

「ううん、全然」

「——!!」

私はさわやかに答えた。

偽る必要もなく、深く考えるまでもない。

リクル君が許してくれたんだ。だったら私は変わらず、この国に居続けよう。

「いいんだな……セルビア！」

「はい。私は国には戻りません。もう私はこの国の人間です」

「くっ……」

「ですからもし、この国に戦いを挑むというなら――」

私はこの国のビーストマスターとして。

「全力で阻止させていただきます」

全てをかけて戦おう。

ビーストマスターの名に恥じないように。

◇◇◇

レイブン様は王城を去っていった。最後まで歯ぎしりして、捨て台詞《すぜりふ》まで吐いて。

「後悔することになる、か」

「最後まで小物っぽい男だったな。あんなのがお前の婚約者だったのか？」

「お恥ずかしながら……」

「ははっ、だったら解消して正解だな。あんな奴と結婚しても、お前は幸せになれない」

まったくその通りだと、今では心の底から思える。

きっかけは最悪だけど、こうして自由の身になれたことは感謝している。

「格好よく啖呵《たんか》を切ってたな」

「リクル君だって」

「俺はこれでも王子だからな。国にとって何が大切なのか、いつも考えているんだよ。これが最善だ」

「そっか……」

最善。私が残る選択をしたことが、この国にとって一番いい未来に繋がる。

彼はそう思ってくれた。

なら、その期待に応えなくちゃいけない。

「まぁ、今回は俺個人の意志も含んでいるが……」

「え？　なに？」

「なんでもないよ。いざという時は頼むぞ？　ビーストマスターさん」

「うん！　任せてよ」

この国は、リクル君やみんなは私が守ってみせる。

それも私の……ビーストマスターの役目だから。

第四章

「なぜ一人なのだ？」

「……」

「質問に答えろ、レイブン卿《きょう》。なぜ一人で戻ってきた？」

「申し訳……ございません」

国に戻ったレイブンは、玉座の前に首を垂れる。顔を上げず、ひざまずき、ただじっと待っていた。

「連れ戻すと、そう言っていたはずだが？」

「それが……拒否されてしまい」

「聞いていた話と相違があるようだな。お前は言ったはずだ。必ず連れ戻す。あの者もそれを望んでいるはずだと。違うか？」

「はい……」

それが憶測でしかなかったことが露見した。返す言葉もなく、ただただ頭を下げる。

顔は上げられない。

今、国王の顔を見ればどうなるか……漠然とした恐怖がレイブンの心を曇らせる。

「すでに各国は動き始めている。我々も早急に準備しなければならない。戦だ……数十年ぶりに大きな戦争が起こる。お前の責任で」

「も、申し訳ございま――」

「謝罪に何の意味がある？　私が求めているのは改善策だ。このままでは我が国は侵略される」

セントレイク王国は過去最大の窮地に立たされていた。

最大戦力の半数を消失し、ビーストマスターも不在。その情報はすでに世界中に拡散された。

今こそ大国を攻め落とす時だと、敵対国家が同盟を組み戦の準備を進めている。

国だけではない。抑圧されていた裏の組織も同時に動き出す。

ビーストマスターは蓋だ。悪意が、敵意があふれ出ないようにするための強固な蓋だった。

それを失ったことで、すべての混沌《こんとん》が押し寄せる。

「もはや一刻の猶予もない。今すぐに戦力をかき集めよ。宮廷調教師にもそう伝令するのだ」

「は、はっ！」

「レイブン卿、戦になればお前が指揮をとれ。最前線でな」

「……承りました」

最前線での指揮、それはもっとも死に近い場所を指す。

暗に国王は言っていた。責任をとり、命をかけろと。逃げ出したい気持ちで溢《あふ》れるレイブンだが、それはかなわない。

逃げ出すことなど、決して誰も許してはくれない。

◇◇◇

「くそっ！」

屋敷に戻り、自室のテーブルを無造作に薙《な》ぎ払い、書類やペンを吹き飛ばす。レイブンは苛《いら》立《だ》ちを抑えられずにいた。

「なぜだ……なぜこうなった！」

レイブンは叫ぶ。

理由などわかりきっていた。自身の感情、趣向を優先した結果だ。

動物が嫌い。平民が嫌い。だから、ビーストマスターだったセルビアを解雇し、追放してしまったこと。

彼女の存在が王国を、人々を守護する生き物たちを支えていた。彼女こそが、強大な戦力を国という檻《おり》に入れるための楔《くさび》だった。

レイブンは理解していなかった。ビーストマスターという存在が、どれほど規格外で、代用などできないということを……。

「くそっ、くそがっ！」

こうして現実を突きつけられた今でさえ、反省の色を一切見せない。彼の頭にあるのは、どうすれば信用を回復できるのか。

端から見れば自業自得でも、彼にとっては由々《ゆゆ》しき事態。セルビアに有無を言わせず連れ戻すことができていれば、これほど自身が窮地に立たされることはなかっただろう。

だが、戻るはずがない。彼女が地獄とまで思っている場所に、わざわざ戻る理由はない。

打つ手なしの状況に歯ぎしりをする。

頭をフル回転させているが、自己中心的な考えしか浮かばない脳みそでは、現状を打開する策など思い当たらない。

彼は思い、考える。

「……もういっそ……」

セルビアでなくても構わない。ビーストマスターに匹敵する存在を、力を手に入れる方法はないのか。

「そうだ。他人に頼ろうとするからダメなんだ」

彼が信じているのは自分自身だけだった。自分には才能があって、選ばれた人間なのだと心から信じて疑わない。

結果など伴わずとも、そうであると心で確信している。

「――実にいいですね」

「――！　なんだ？　誰だ！」

その甘さに、自己愛に付けこむように暗闇から何者かが囁《ささや》く。

現在の時刻は正午過ぎだ。外は明るさの頂点、窓からはカーテンを閉めていても光が入り込んでくる。

しかし、なぜかレイブンの部屋だけは夜のように暗く、静かだった。暖かな日差しがないせいか、絶妙に肌寒い。

レイブンは初めて、周囲の異様さに気付く。

「なんだ？　どうなっている？」

慌てて扉から出ようとするが、扉がガシャガシャと音を立てるだけで開かない。鍵がかかっているように。

レイブンは窓のほうへと駆け出す。本来なら眩《まぶ》しいはずの窓の外が真っ暗で、外の景色も灰色に見えている。

窓は当然、開かなかった。

ドンドンと力いっぱいに叩《たた》いてもびくともしない。たかがガラス程度、レイブンの力なら割れるはずだった。

「くそっ、どうなっているんだ！」

「――安心してください」

「っ、貴様は……誰だ？」

レイブンが振り返ると、全身を黒いオーラで包んだ誰かが立っていた。体や顔を隠しているのは服ではなく、異様なモヤだった。口元はわずかに見えている。

その姿を目にしたレイブンは背筋が凍るような寒気を感じる。

「私は敵ではありませんよ？」

「……誰だと聞いているんだ！　聞こえなかったのか！」

震える身体《からだ》を誤魔化すように、レイブンは大声をあげて威嚇する。しかし黒いモヤの人物は、そんなレイブンを見て口角をあげる。

「威勢がいいですね。ますます気に入りました」

「何を言っている？　貴様は誰だ。さっさと質問に答えろ！」

「……ふふっ、そうですね。では、スカールとでも名乗っておきましょうか」

「スカール？　聞いたことのない名だな」

スカールと名乗った人物は不気味な笑みを浮かべる。声は高くもなく、低くもなく、男とも女ともとれる。

妖艶であり、不気味であり、ふわふわと浮かぶ夢の中の登場人物にも見える。

レイブンは警戒したまま、周囲を見回して逃げる方法を探っていた。

「意外と冷静なんですね。驚きました」

「——！　チッ、貴様など信用できるか。この僕に向かって不遜な態度を取るなど……命知らずな奴《やつ》だ」

「ふふっ、今のあなたに権力なんてありませんよね？」

「くっ、貴様……」

「知っていますよ。もう後がありませんね？　いなくなったビーストマスターを連れ戻さないといけないのに、あっさりと振られてしまいましたから」

スカールはレイブンの心を見透かすように、的確にえぐるように言葉を選ぶ。レイブンは苛立ちを露《あらわ》にして、徐々に冷静さを失っていく。

「貴様……私を侮辱しているのか」

「まさか。ただ事実を羅列しただけですよ」

「っ……」

図星だ。それ故に上手《うま》く言い返すことすらできない。そのことが余計に、レイブンの苛立ちを加速させてしまった。もはや冷静さのカケラも残っていない。

その心を見透かすように、スカールは囁く。

「協力してあげましょうか？」

「なんだと？」

「力がほしいのでしょう？　なら、私が授けてあげます」

「何を言っている？　力を授けるだと？　貴様のような不審な輩《やから》に、この僕が協力を願うとでも思っているのか！」

「でも、もう後がないのでしょう？」

「ぐっ……」

そう、後がない。

戦場に出れば逃げ場はなく、最悪の場合命を落とすことになる。否、主戦力を欠いた状態での最前戦の指揮などすれば、確実に死ぬだろう。

国王陛下はそれを理解した上で、責任を取らせるためにレイブンを指名した。自らの命をもって、時間稼ぎをしろと。

「私なら与えられますよ。あなたが欲している力を、他に頼る必要のない絶対的な強者としての地位を」

「強者の……地位……」

「そう。あなたは望んでいる。他の誰でもない。自分自身が絶対の存在になれることを。

そうすれば、願いは叶《かな》う」

「願いだと？」

この時点ですでに、スカールの言葉にレイブンは唆されていた。わずかでも興味を抱いてしまった時点で、レイブンは魅了される。

「憎いでしょう？　思い通りにならないことが」

「……」

「命令するだけでふんぞり返っている王も、役に立たない婚約者も、戻って来いと手を差し伸べても、厚意を無視するビーストマスターも」

「――ああ、そうだな。腹立たしくはある」

レイブンの内にあった他者を憎み、恨む心に火をつけてしまった。元々他責の精神が色濃く出ている彼は、スカールの言葉に唆されてその気になる。

「そうだ……全部周りが悪いんだ。あいつらが僕の思い通りに動いてさえくれれば、全部上手くいっていたのに」

「もう、そうやって信じられない他人に命令する必要はありません。これからは自分自身の手で切り開けばいいのですよ」

「そんな力が手に入るのか？」

「ええ、もちろん。あなたには才能がありますからね」

ニヤリと笑みを浮かべるスカール。不気味で、未《いま》だに正体もわからない。信じられる要素など一つもないのに、レイブンは堕《お》ちてしまっていた。

「いいだろう。よこせ！　その力を」

「はい。差し上げますよ。あなたにピッタリな力を」

スカールは右手を差し出す。触れろと言っているように。

レイブンは引き寄せられるように、自分の右手をスカールの右手と重ねた。次の瞬間、スカールの身体を覆っていた黒いモヤがレイブンに流れる。

「な、なんだこれは！」

「安心してください。これは儀式です」

「儀式⁉」

「感じてきませんか？　流れ込んでくる力を……聞こえるはずですよ。天からの声が」

「天……？」

レイブンは耳を澄ませる。微《かす》かに、高貴で聞き覚えのない声が脳内に響く。何を言っているのかはわからない。が、力は感じる。

「そうか。これか！　これが僕の――」

「はい。力です。おめでとうございます」

テイマー、サモナー、ポゼッシャー。三者にいずれも共通するものは、才なくしてはなることすらかなわないということ。

いかに強大な魔力を有していようとも、魔法使いとしてのセンスがあろうとも、生き物を手懐《てなず》け、召喚し、憑《つ》かせる力がなければ何者にもなれはしない。

そして、その才能は生まれつき決まっている。後天的に得られるのは、才を磨いたことで高まる熟練の感覚と、感性。

彼らは等しく、選ばれし者だった。

だが、ここに新たな可能性が誕生してしまう。彼は選ばれざる者だったにもかかわらず、選ばれし者たちと同じ場所に立った。

◇◇◇

最近、よくない噂《うわさ》を耳にする。

セントレイク王国が、近隣の小国を侵略しているという噂だ。私は最初、ただの噂でしかないと思っていた。

セントレイクは主要戦力の半数を失っている。主に私がいなくなった影響で、所有していた魔獣たちの半数が、私がいるノーストリア王国に大移動してしまったからだ。

いかに大国とは言え、魔獣という大きな戦力を失った状態で、他国への侵略などリスク以外のなにものでもない。

下手をすれば小国相手に大きな損害を出してしまう。そうなれば、ギリギリ均衡を保っている他国も、容易に攻め込んでくるはずだ。

そんなことも考えられないほど、セントレイク王国は愚かじゃない。曲がりなりにも世界最大級の国家だったのだから。

「なーんか不気味っすよね〜、今のセントレイク王国って」

いつものように魔獣たちのお世話をしていると、リリンちゃんが餌やりをしながらボソッと呟《つぶや》いた。

それを聞いたルイボスさんがメガネをくいっと持ち上げて尋ねる。

「不気味というのは？」

「噂っすよ。周りの国、特に元同盟国に喧嘩《けんか》売りまくってるって話！　なんか本当の話らしいじゃないっすか」

「そのようだね。にわかに信じがたいことだが、順調に勝利をおさめているとも聞く」

「普通ビーストマスターがいなくなったなら、もっと大人しくすると思うんすけどね〜。現にほら、この間まで大人しかったじゃないっすか」

「確かに。どうしてこのタイミングで噂が出るようになったのか……気がかりではある」

二人の会話を聞きながら、以前レイブン様が私を連れ戻そうとしたことを思い出す。私はその誘いをキッパリと断った。

あれから二週間近く経過している。ちょうどあの日の後ぐらいからだった。セントレイクの噂を聞くようになったのは。

「姉さんはどう思うっすか？」

「え、私？」

「姉さん元セントレイクの人っすよね。ビーストマスターだったわけじゃないっすか。なんか聞いてないんすか？」

「ごめんなさい。私も詳しくは知らないんだ」

「そうなんすかぁ」

「当たり前ですよ。セルビアさんも元なんですから」

「うるさいっすよ。こういう時はなんか事前に情報を仕入れているもんでしょ！　そのメガネは飾りっすか。見損なったっす」

「な、なぜ僕が責められているんだ……？」

二人はいつも通りに軽快な会話を交わしている。いつもなら私も笑うところなのだけど、セントレイクの状況が気になって上の空だった。

別に、今さら心配だとかは思っていない。ただ気がかりで、落ち着かないだけだ。

「――セルビア」

「リクル君」

「あ、殿下っす！」

「いらっしゃいませ、リクル殿下」

悶々《もんもん》と考えているところへ、リクル君がやってきた。

私のもとへみんなが集まってくる。

「どうしたの？　また様子を見に来てくれたの？」

「それもあるが、少し時間を貰《もら》えるか？　相談したいことがあるんだ」

リクル君はいつになく真剣な表情をしている。雑談、というわけではない雰囲気だった。

私はリリンちゃんとルイボスさんに視線を向ける。

「いいんじゃないっすか？　だいたい餌やりも終わってるっすよ」

「そうだね。少し早いが休憩に入ってもらって問題ないですよ」

「ありがとうございます」

「助かるよ。じゃあセルビア、場所を変えよう」

「うん」

私は仕事を少し早めに切り上げて、リクル君の後についていく。向かった先は何度も来ている彼の執務室だった。

「座ってくれ」

「うん」

ソファーに腰かけ、対面にリクル君も座る。

「何かあったの？」

「ああ。セルビアの耳にも入っているだろ？　セントレイクの話」

「う、うん。元同盟国を侵略してるって」

「あれは事実らしい。現にこの二週間足らずで、七つの国が占領された」

「な、七つ⁉」

要するに、二日で一国を落としている計算になる。信じられないハイペース。いかに相手が小国とは言っても、今のセントレイクは戦力の大半を失っている。

補充や休息のことも考えたら、どう考えても今の戦力じゃ不可能な速度で侵攻していた。

「ど、どうやってるの？」

「それなんだが、一つ不確定な情報がある。俺も信じてはいないが……一応話しておく。攻め込んできたセントレイクの前戦に――」

その名を聞いた時、私は目を丸くして驚いた。ありえないと思ったから。

「ふ、不可能だよ、そんなの！」

「ああ、俺も知ってる。だからお前に聞いておきたかったんだ」

リクル君は険しい表情で腕を組み、私に向かって質問する。

「……元々適性のない者を、後天的に調教師にすることは可能なのか?」

「できないよ! 普通……は……」

「つまり、普通じゃない方法なら可能ってことか?」

私は小さく頷《うなず》く。

そう、方法だけならある。というより、知っている。セントレイクの宮廷で働いていた頃、古い文献の中にこんな記載があった。

自身が持つ契約を、他者へと付与する方法がある。

調教、召喚、憑依《ひょうい》。これらの能力は全て、異なる存在と繋《つな》がることで成立する。一方的ではなく相互の関係性が得られなければ力は行使できない。

その繋がりを、他者へと譲渡する技能が存在している。私は方法を、リクル君に話して聞かせた。

「そんな方法があったのか。まったく知らなかった」

「うん。でもずっと昔の技術だから、現代には伝わっていないんだ。私も偶然文献で見かけて知っているだけで、実際に試したこともない。そもそも詳しい方法も載ってなかったと思う」

「じゃあ、現代でそれができる人間に心当たりは?」

「ないよ。私が知る限り、そんな方法を知ってる人はいない。それ以前に、リスクしかない方法だから、試そうとも思えない」

他人に契約を譲渡するというのは、自分の管理下にあった魔獣の指揮権を放棄するということ。と同時に、適性のない者に無理やり力を与えれば、当人は力に溺れる。

「力の制御ができない人だと、力に呑《の》み込まれて壊れちゃうんだよ」

「呑み込まれるっていうのは？」

「調教や召喚なら、魔力を無制限に吸われてしまうし、憑依の場合は、肉体の支配権を完全に奪われてしまう危険性があるの。私たちでも長い時間鍛錬して、感覚と経験で摑《つか》んでいくものだから」

「いきなり大きな力を与えられれば、制御できずに暴走するってことか」

そういうことだ。

加えて、一度譲渡してしまうと返還することができない。受け取った本人も、自分の意志で放棄することはできない。

「確かにリスクのほうが大きいが、それで力が手に入るなら……と、手を出す輩もいそうだな。たとえば……」

「うん」

あの人ならやりかねない。考えているのは常に自分のこと。自分にとって有益なことを優先し、不利益は他人のせいにする。

究極的に他人を信用しておらず、自意識を優先する性格だ。

リクル君からあの人の名前が出た時は驚いたし、こんなの考えうる可能性の中でもっとも低いものだった。それでも、ありえてしまう。

私の脳裏に不安が過《よぎ》る。その不安を駆り立てるように、私たちのもとに一報が届く。

トントントンと慌ただしく、扉をノックする音が響く。

「殿下！　ご報告がございます！」

「ん？　入れ」

「失礼いたします！」

若い騎士が部屋に入ってきた。見るからに慌てていて、走って来たのか呼吸も荒い。

「何があった？」

「セ、セントレイクの軍が、我が国と同盟にあるユーラスリア王国の領地に侵攻を開始したようです」

「なんだと？　いつだ？」

リクル君が珍しく声を荒らげる。それだけ切迫した状況なのだと察し、二人の会話の邪魔にならないように見守る。

「先ほど報告が入ったばかりですので、まだ戦闘は始まっていないかと」

「そうか。父上には？」

「すでに報告はしております。陛下は至急騎士団を集め、援軍に向かうべきと」

「俺も賛成だ。ロードン騎士団長にもすぐ連絡をしろ。指揮は俺がとる」

若い騎士にいくつか手早く命令したリクル君。ようやく騎士が部屋を出て行ったところで、私のほうへ振り向く。

「そういうわけだ。まずいことになった」

「ユーラスリア王国っていうのは？」

「うちと古くから同盟関係にある国だ。食料や多くの物資をやり取りしている。あの国がセントレイクに侵略されれば、俺たちの国にも大きな影響がでる」

「そんな……じゃあなんとしても食い止めないと！　私も協力するよ！」

今の私はノーストリア王国のビーストマスターだ。この国を守るために戦う覚悟はとっくにできている。相手がセントレイク王国なら尚更《なおさら》だ。

さっきリクル君から聞いた話が真実なのか、自分の目で確かめよう。

「いいのか？」

「うん。私の力が必要でしょ？」

「ああ、心強いよ」

リクル君は噛《か》みしめるように強く瞳を閉じた。彼の表情から、私のことを心配してくれているのがわかる。その優しさを、心遣いを胸に抱き、私は彼方《かなた》へと視線を向ける。

「この戦いで……セントレイクとの因縁を断ち切ってみせるよ」

私のせいで誰かが不幸になるなんて絶対に嫌だ。私はもうセントレイクの人間じゃないし、二度と戻る気もない。

それを改めて宣言しよう。あの人に……。

◇◇◇

私たちは戦場へ向かう。

騎士団の約半数を引き連れ、指揮はリクル君がとる。残る半数はロードン騎士団長と共に王国に待機。リリンちゃんとルイボスさんも、宮廷で待機している。

気持ち的には全軍で援護に行きたいところだけど、王国の警備を手薄にするわけにはいかない。これが陽動である可能性も捨てきれず、半数を動かすことになった。

「魔獣たちは連れてこなくてよかったのか？」

「うん、大丈夫。私一人いれば十分だから」

「ははっ、それは頼もしいな」

セントレイクから連れてきた魔獣たちは王都に置いてきた。気を使う必要はなかったかもしれないけど、一時的でも仲間だった生物と戦うことになる。

彼らにとって少なからずストレスになるだろうから、それは避けたかった。

「先遣隊の報告だと、数自体はそこまで多くないらしい。問題は、先陣を切っている一人が、手が付けられないほど強い」

「……」

私とリクル君の頭には、きっと同じ人物が思い浮かんでいただろう。

「その人をなんとかできたら、私たちの勝ちだね」

「ああ、余計な血を流さずに済むかもしれない。そのためにも……」

「わかってるよ。それは私の役目だから」

決意を胸に、私たちは戦場にたどり着く。

同盟を結んでいるユーラスリア王国の国境線には、ユーラスリアの騎士たちや、所属している調教師たちが防御陣営を築いていた。

小国にしては十分すぎるほどの戦力に見える。ただし、相手の強さの質次第で、数なんて無意味になる。

たとえばそう、数多《あまた》の魔獣を一撃で葬りさることができる……天使の力、とか。

「──聖なる光よ、僕の行く手を阻む愚か者どもに鉄槌《てっつい》を下すがいい！」

空に光輪が浮かび、そこから数多の光の柱が地上へと降り注ぐ。光の柱が直撃した地面は爆発し、えぐれていく。

国境を守っていた人たちが、魔獣が、次々と吹き飛ばされていく。中には大型の魔獣もいたのに、あっという間に更地になってしまった。

後衛に陣取っていた私とリクル君は、空に浮かぶ一人の男性に視線を向ける。

「あれが……」

「うん。間違いないよ」

できれば間違いであってほしかったけど、どうやら事実だったらしい。私は小さくため息をこぼし、リクル君に言う。

「行ってくる。リクル君たちは地上を」

「ああ、気を付けるんだぞ」

「ありがとう。リクル君も」

私は一人、リクル君たちから離れて広い場所に移動し、地面に向かって召喚陣を発動させる。

「【サモン】！　グレータードラゴン！」

地面に展開された召喚陣から姿を現すのは、飛竜種最大にして最強の存在。黄金の鱗《うろこ》を身にまとった巨大なドラゴンの背に乗り、私は空を駆ける。

「おお！　あれがビーストマスター様のお力か」

「見惚《みと》れるのはわかるが気を抜くな！　戦いはこれからだぞ！」

同行してきた騎士たちに向かってリクル君が大きな声で指示を出している。ユーラスリア王国の人たちも、前ではなく私のことを見ていた。

誰もが注目する中、私は空で彼と相対する。

「おや？　まさか君が来ているとは思わなかったよ。セルビア」

「……レイブン様」

やっぱり本人だった。こうして言葉を交わし、顔を見合わせれば嫌でもハッキリする。この人はレイブン様だ。私の元婚約者……だから、他人よりよく知っている。

「それは天使の力ですね？」

「わかるかい？　そう、これは大天使サリエルの力さ！」

サリエル……十二天使の一人にして、神の命令という名を持ち、死を司《つかさど》る大天使。天使にも階級があり、強さの差がある。サリエルはその中でも上位だ。

それほど強大な力を持つ天使を……ポゼッシャーでもないレイブン様が憑依させている。

「どうやったんですか？　レイブン様はポゼッシャーじゃなかったはずです」

「ああ、そうだね。僕はただの人間だった。けど、見ての通りさ！　今の僕は大天使の力を自在に操れる！　これこそが僕の才能！　僕は選ばれし者だったんだ！」

そう言いながら大きく両腕を広げる。

髪の色が白く、肌の色も以前よりも白く、ところどころに青い亀裂のような線が入っている。

瞳の色も、サファイアのような青色に変化していた。

間違いなく憑依……しかも、大天使サリエルの力だけを使役している状態だ。人格はレイブン様のものだけど、これは……。

「レイブン様、いつからそのお力を使えるんですか？」

「いつ？　それは二週間……いや、最初から、忘れたな。そんな昔の話は」

「その力を誰かから授かったりしたんですか？」

「馬鹿にしているのか？　僕は誰の力も借りる必要がないんだよ！　僕は常に選ばれている！　いずれは王にもなれる！」

「……」

会話が上手く成り立っていない。力を手にした影響でハイになることは多いけど、記憶に混同がうかがえる。

おそらくは、徐々に力が肉体を蝕《むしば》んでいるんだ。このまま放置すれば、彼の身体は大天使の力に耐え切れずに……。

「死にますよ。レイブン様」

「いいや、死ぬのは君のほうだよ？　セルビア」

得意げな表情で私に宣言するレイブン様。彼の全身からは天使の力特有の青白いオーラがあふれ出ていた。

力が外に漏れ出ているのは、ポゼッシャーとして未熟な証拠だ。憑依自体が不完全、もしくは長時間無理やり維持し続けたことの弊害か。

レイブン様の場合、おそらくその両方が考えられる。

これも予想でしかないけど、レイブン様は憑依を身に付けてから一度も解除していないんじゃないのかな？

もし、この予想が当たっているとしたら……。

「早く憑依を解除させないと本当に……」

「どうした？　不安そうな顔をして……そんなにも僕の力が恐ろしいのかな？」

「……」

この様子だとレイブン様は気づいていない。今もずっと、自分の命が削られているということに……。

普段のレイブン様なら気づけていたかな？

いいや、冷静だったとしても彼は知らない。優秀なフリをしているだけで、自ら学ぼうという姿勢はなかった。彼は私たちのことをあまり知らない。

知識も持ち合わせていないのに、与えられた力を子供みたいに振り回しているだけだ。

そんなのちっとも――

「怖くありませんよ」

「――！　そうか、その減らず口をまずは塞いでやろう！」

レイブン様の頭上で光輪が展開される。

地上の味方を攻撃した光の柱をまた使うつもりらしい。

「せめて一撃くらい耐えてくれよ！」

光輪から光の柱が放たれる。狙いはグレータードラゴンの頭に乗っている私だ。回避は難しくないけど、躱《かわ》せば地上のみんなに当たる。

「相殺して！」

私はグレータードラゴンに指示を出し、ドラゴンは大きく口を開ける。凝縮されたエネルギーが炎と光を生み、破壊の一撃を放つ。飛竜種の長、最大にして最強の一撃。

その名は――

「ドラゴンブレス！」

天の光と破壊の一撃。二つの力が衝突し、激しく押し合う。大天使サリエルは死を司る存在だ。その光に触れれば、地上の生物は命を燃やし尽くしてしまう。

対するグレータードラゴンの一撃も、あらゆる物質を極限まで破壊、分解する一撃。どちらも強大かつ圧倒的な強さを誇る。

一撃目は引き分け。二つの力は相殺され、爆風となって四方へ散る。

「チッ、中々やるじゃないか。けどこれならどうかな？」

レイブン様は光輪を巨大化させ、さらに数を増やしていく。先ほどの威力を保ったまま、複数の光の柱を放つつもりか。

一撃だけでもドラゴンブレスと同等の威力があるのに、それを複数同時に放たれたら、さすがにこの子だけじゃ対処できない。

かといって回避すれば地上で戦っているみんなに被害がでる。なら、取るべき選択肢は一つしかない。

「【サモン】！　ライトニングワイバーン！」

私は複数の召喚陣を空中に展開し、そこから紫色の鱗をまとった中型の飛竜を召喚する。

ワイバーンは中型のドラゴンだ。普通のドラゴンより戦闘力では劣る分、数を一度に召喚して使役できる。

加えて今回呼び出したのは、飛竜種の中でもトップクラスの移動速度を誇る個体、雷を操るライトニングワイバーンだ。

「みんな行って！」

ライトニングワイバーンが一斉にレイブン様へ襲い掛かる。

放たれたら対処ができない。なら、放たれる前にこっちが攻撃をしかけて、レイブン様に攻撃をする隙を与えなければいい。

「くそっ、鬱陶しいハエが！」

ワイバーンは単体では天使の力に及ばない。攻撃を受ければ相応の負傷をするけれど、数で連携すれば十分な脅威になる。

ライトニングワイバーンは攻撃も鋭く速い。口から放たれる雷の一撃は、ドラゴンブレスよりも速い。

「ええい鬱陶しい！　僕から離れろ！」

レイブン様は苛立ちを露にして、光輪の狙いをワイバーンたちに向ける。その一瞬の隙をつき、グレータードラゴンがブレスを放つ。

レイブン様はギリギリでブレスを回避しようとするが間に合わず、直撃を受ける。爆風と煙を薙ぎ払い、レイブン様が私を睨《にら》む。

「っ――痛いじゃないか」

傷は負っている。けれど決定打にはなり得なかった。おそらく長期間サリエルの力を憑依させている影響で、肉体も変質し始めている。

人間ではなく、天使の肉体へと身体が変化している。しかしこれは最悪の兆候だ。天使の力という猛毒に侵されている状態と言ってもいい。

ただ、今の状況としては悪くない。これなら、あの手が使える。
「【サモン】――」
今のうちに召喚だけは済ませておこう。レイブン様に気付かれないように。グレーター
ドラゴンが牽制《けんせい》のブレスを放つ。
「そう何度も食らうと思わないことだね！」
レイブン様は光輪を盾のように使い、ドラゴンブレスを反射させて躱す。真正面からの
攻撃は意味がない。
ブレスでダメージを負うことを認識したレイブン様は、ワイバーンよりもグレータード
ラゴンに意識が向く。
「今度はこっちの番だよ」
そう言った直後、レイブン様は凄《すさ》まじい速度でこちらに急接近してくる。私はドラゴン
の頭を強めに叩き、回避を促す。
しかし相手の動きの速さに対応できず、突進によってグレータードラゴンが大きく後方
へと押し出される。
空中で体勢を整え迎え撃とうとするものの、またしても凄まじい速さで左右に動き、カ
ウンターのタイミングすら惑わせる。
「その図体《ずうたい》じゃ僕の動きにはついてこれないね！」

言葉通り、翻弄されてしまう。

強靱《きょうじん》な鱗に守られているグレータードラゴンと言えど、大天使の力を憑依させた相手の攻撃を何度も受け続けることはできない。

だったらライトニングワイバーンの速度に頼るまで。

「みんな！　この子を守って！」

「無駄だよ！」

レイブン様は光輪を上下に展開させ、襲い掛かってくるライトニングワイバーンを一瞬で迎撃してしまう。

網のように放たれた光の柱にぶつかって、ワイバーンたちは次々と落下していく。

「僕の前で同じ手が通じると思わないことだね」

「……」

「どうした？　もう打つ手はなしか？」

レイブン様は勝ち誇ったような表情で私に問いかける。

「降参するなら許してあげてもいいぞ？　ただし、君は永遠に僕の所有物になる。どんな命令にも従ってもらう。君自身がぼろ雑巾になっても使い潰してあげるよ」

レイブン様は下品な笑みと声を出す。もはや自分が勝利したと確信しているのだろう。高笑いし、隙だらけだ。

「それとも、このまま死を選ぶかな？　僕はどちらでも構わないよ。もう君の力なんて必要ない！　この力があれば世界だって手に入る！」

　圧倒的な力を手にしたことによる高揚感、万能感がレイブン様を支配している。少しだけ気持ちはわからなくもない。

　初めて憑依を成功させたとき、似たような感覚はあった。自分は普通の人間ではなく、それよりも上の存在になれたような気がした。

　でも、私は知っている。調教も、召喚も、憑依も……魅力的で、格好良くて、強い力ではあるけど……無敵なんかじゃないことを。

「どっちもお断りです。私は生きて、ノーストリア王国に帰ります」

「――そうか。なら思いっきりいたぶって殺してあげよう！　君の力の底は知れた。もう君の攻撃は通じない」

「それはどうでしょう――」

　彼はまだ気づいていない。自身がすでに、攻撃されているということに。

「――!?　なんだ？　身体が急に重く」

「レイブン様は、天使の力の天敵が何かご存じですか？」

「天敵、だと？」

　レイブン様は私を睨みつける。徐々に身体は痺《しび》れ、動きが鈍くなっているはずだ。その影響ではなく、単に知識不足で答えられないみたいだから、私は答えを教える。

「魔獣、悪魔……天使と対になる存在こそが、彼らの天敵であり、毒なんです」

「毒？　……まさか」

「やっと気づいたみたいですね」

レイブン様の周囲に、黄金色の小さな粉が舞っている。その粉をまき散らしている者はずっと上空にいた。

私たちはほぼ同時に上を見上げる。そこに、巨大な蛾《が》の魔獣が羽ばたいている。

「モストリアか！」

「正解です。振りまく鱗粉《りんぷん》にはモストリアの魔力が宿っています。レイブン様は気づかないうちに、その鱗粉を体内に取り込んでしまったんです」

「これが……毒か」

「その通りです。魔獣や悪魔の魔力は、天使にとっては猛毒になります」

本来、天使の力を憑依させただけの人間にはあまり効果はない。だけど今のレイブン様は、肉体が天使に置き換わり始めている。

人間には害のないはずの魔力も、レイブン様には毒となり、身体を蝕み始める。

「くっ、だがこの程度、動けないほどじゃないな。こんなものは！」

レイブン様は光輪を展開し、上空を舞うモストリアを攻撃する。ワイバーンほどの速度

粉を大量にまき散らす。

しかし、ただでは倒れない。モストリアは最後の力を振り絞り、羽を大きく動かして鱗粉を大量にまき散らす。

風と共に鱗粉は舞い、レイブン様を覆い隠すように広がる。

「くそっ！　このっ！」

「無駄です。今の一瞬で大量に取り込みましたね？」

「ぐっ、く……」

レイブン様の動きが圧倒的に鈍くなり、蹲《うずくま》るように胸を押さえる。大量に鱗粉を取り込んだことで、一気に毒が全身を巡ったんだ。

今の彼は、呼吸することすら苦しいはずだ。

「この程度で僕が……僕が負けることはありえない！」

それでも力を振り絞り、全身から天使の力を解放する。天使にとって悪魔や魔獣の魔力が毒であるなら、逆もまた然《しか》り。

魔獣の魔力に天使の力をぶつけて、毒を打ち消すこともできる。もっともそれをするためには、通常の何倍もの天使の力を行使する必要がある。

ありがとう、みんな。

一瞬でもレイブン様の注意を引ければそれでよかったんだ。そのわずかな時間で、新しい仲間を呼び出すことができる。

「【サモン】、アンドロマリウス」

宙に浮かぶ召喚陣が黒い稲妻と霧を生み、召喚されたのは地獄の悪魔。フードに隠れた顔と、ローブで覆い隠された身体から、じゃらじゃらと金属の鍵がチェーンで繋がれている。

地獄の伯爵アンドロマリウス。有する権能は、盗品を奪取し、盗人《ぬすっと》を捕らえる。権能が発動し、レイブン様の周囲を鋼鉄の檻が囲う。

「な、なんだこれは？」

「レイブン様のその力は、自分のものではありませんよね？　正式な契約でもなく、他者の力を使っているだけです。言い換えれば、それは盗品とも言えます」

「盗品だと？　この僕を盗人だと言いたいのか！」

「はい」

そうだ。だからこそ、アンドロマリウスの権能は発動した。レイブン様を天使の力を盗んだ者とし、檻で捕らえる。

レイブン様は檻を摑んで破壊しようと試みるが、今の彼の力ではびくともしない。檻の中では天使の力も行使できない。

「くそっ、くそ！」

「ここまでです。レイブン様」

「まだだ！　僕の力はこんなものじゃない！」

「違います。それはレイブン様の力じゃありません」

憑依を使う時、私はいつもこう思う。

私のことを支えてくれて、ありがとう。

憑依は他者の力をその身に宿し、自分の力のように行使する。時には他者の意識ごと呼び出して、代わりに戦ってもらう。

そんな風に戦っていると、勘違いしてしまう。今ある力は全て自分だけのもので、自分こそが選ばれし人間なのだと。

そんなことは全然なくて、ビーストマスターなんて呼ばれていても、私自身はちっぽけなただの人間なんだ。

私は多くの人たちに、仲間たちに支えられて生きている。私が強いわけじゃない。強いのは私を支えてくれるみんなだ。

みんなのおかげで、私は強い人のように振る舞える。決して勘違いしてはいけない。この力も、その力も、誰かの力を貸してもらっているということを。

「だから、私が代わりに剝奪します。レイブン様が盗んだ力を」

「馬鹿な、やめろ！　そんなことが君にできるわけ」

「私じゃありません。私の、心強い仲間の力を借りるんです」

悪魔の伯爵アンドロマリウス。その権能によって捕らえた盗人から、盗品を奪取することができる。

通常、ポゼッシャーの契約をこんな方法で解除することはできないけれど、レイブン様の場合は例外的に働くはずだ。

彼は誰かから力を与えられただけで、本来はポゼッシャーの才能を持たない。それ故に力に溺れ、力にむしばまれている。

無理やりにでも、手に入れた力を引きはがす。

「お願いします。アンドロマリウス」

「や、やめろ、やめてくれ！」

「――なら、抵抗しましょうよ」

「え？」

どこからか声が聞こえた。男とも、女とも思える絶妙な声の高さだった。その直後、レイブン様の様子がおかしくなる。

「ぐ、ぐう……う、おああああああああああああああああああ」

突然叫び出し、全身から天使の力を解放する。

あり得ない。アンドロマリウスの檻の中で天使の力は行使できないはずなのに。

「うおおおおおおおおおおおおおおおおおおおおお」

「レイブン様！」

完全に正気を失っている。力に呑み込まれたというより、本人の意志とは関係なく力があふれ出ているような。

「あの声、まさか！」

レイブン様ではなく、外から天使の力を解放させた？

普通はできない。でも、さっきの声の人物こそが、レイブン様に力を与えた人物なのだとしたら？

元々は他の誰かが持っていた天使との契約をレイブン様に与えたのなら、外から天使の力をコントロールできる可能性もあるんじゃないか。

仮説にすぎないけど、とにかくよくない状況だった。

「正気を保ってください！」

「ぐああああああああああああああああああああああああああああ」

「レイブン様！」

ダメだ。もう私の声は届いていない。今のレイブン様は無意識に天使の力を振りまくだけの状態になっている。放置すれば肉体が破壊されるまで止まらない。

「アンドロマリウス！」

もう躊躇《ちゅうちょ》はしていられない。力を奪取するより、檻を強化してあふれ出る天使の力を抑え込む方向へ切り替える。

そうしなければ周囲に甚大な被害が出てしまう。

「頑張って、抑え込んで！」

私の魔力をアンドロマリウスに注ぎ込み、権能の力を強化する。檻にヒビが入り、今にも破壊されそうになる。

檻が破壊されれば力は解き放たれ、死の光が地上を覆うだろう。そうなれば、地上で戦っているみんなが死んでしまう。

他国の騎士たちも、一緒にきてくれた仲間たちも、リクル君も。

そんなのは絶対に嫌だ。

「ぜったい！　守る！」

私は何のためにここに来た？

ノーストリアのビーストマスターとして、国を、人々を守るために来たんだ。想《おも》いを胸に、魔力を注ぎ込む。

ひび割れた檻がついに、砕けた。

バラバラに砕け散って、綺麗《きれい》に光を反射させて落ちていく。その様を見ながら、私はようやくホッとする。

「はぁ……ギリギリ……」

「驚いたなぁ。今のを抑え込んでしまうなんて」

「――――！」

目の前に、見知らぬ誰かが立っている。奇妙な仮面をかぶっていて、顔はわからない。

背丈は大きくもなく、小さくもない。

声の質も相まって、未だに男女の区別はつかない。ただ、感じる。この人の魔力の異質さは、私たちと同じ……。

「あなたが、レイブン様に力を与えた人ですね」

「そうだと言ったら？」

「どうして、そんなことをしたんですか？　リスクを知らなかったなんて言い訳は利きませんよ！」

失われたはずの技術を持っている人物が、その力のリスクを知らないはずがない。彼は知っていたはずだ。

適性のない人間に、無理矢理力を与えればどうなるのかを。

「理由なんてないよ。ただ、面白そうだったから、そうしただけだ」

「面白そう……こんなことが？」

「うん、面白かったでしょ？　自分の欲に溺れて、周りも、自分すらも見えなくなった人間の哀れな姿は……滑稽じゃないか」

　声が上ずっている。仮面の裏ではきっと笑っている。楽しんでいたんだ。レイブン様が力に溺れ、堕ちていく様を。

「悪魔より悪魔ですね」

「よく言われる。けど、人間らしいと言われるよりずっと気分がいいね」

「……人間が嫌いなんですか？」

「うん、嫌いだよ。だからいなくなればいいと思っている」

　突然、声が冷たくなった。今の言葉は本心だ。ふざけているわけでもなく、心からそう思っている。人間が消えればいい……と。

「あなたは……何者ですか？」

「私はスカール。いずれ私は、人類の世を終わらせる」

「そんなことは――」

「させないって？　いいよ。君たちが人類最大にして最後の砦《とりで》だ。ビーストマスター……いずれまた、相まみえることになる」

　スカールから黒いモヤがあふれ出る。魔力は感じるけど異質だ。私がこれまで感じたことのない性質の力を纏《まと》っている。と同時に、スカールの気配が遠のいていく。

　すでに彼は逃げに入っていた。この場で私たちと戦うつもりはないらしい。

助かった。さっきの攻防でかなり消耗していたし、ここまで魔力を消費した状態だと、憑依も使えない。

「次に会う時は、その仮面を取ってみせます」

「できたらね」

「やります。でも、その前に……ありがとうございました」

「――？」

私はスカールにお礼を言った。

当然のように、スカールは首を傾《かし》げる。

「何の感謝かな？」

「さっき、レイブン様の暴走をギリギリで制御してくれましたよね？」

「……気づいていたんだ」

「はい。それがなければ、力は檻を超えていました」

あの一瞬、レイブン様の力を抑え込み、黒いモヤで覆い隠していた。スカールが黒いモヤを使っている様子を見て確信した。

レイブン様は生きている。まだ、誰も死んではいない。

「こうなったのはあなたのせいだけど、誰も死なずに済んだのはあなたのおかげです。だから、その分の感謝はしています」

「……ははっ、不思議な子だね」

身体はすでに半分を黒いモヤに包まれ、気配も消えかかっていた。

「君、名前は？」

「セルビアです」

「セルビア、うん、覚えたよ。私に感謝してくれたお礼に、一つだけ忠告しておくよ」

「なんですか？」

「……あまり、人間を信用しないほうがいい」

スカールは仮面に手をかけ、ゆっくりとずらす。

「人間は愚かだ。力ある者こそ、その愚かさに振り回されてしまうからね」

仮面の裏に、青白い瞳と、深々と刻まれた傷が見えた。最後の言葉を告げ、スカールの気配は完全に消える。

忠告を私に伝えている時のスカールからは敵意も悪意もなく、私のことを心配してくれているように見えた。

第五章

生き物たちのお世話をしている最中、リクル君が様子を見に来た。今は餌やりも終わって、みんなで生き物たちの遊び相手をしてあげている。

この後は戦闘訓練もあるから、目いっぱい遊ばせてあげる。

「大丈夫かな？」

「今さら心配か？　故郷が」

「それは……少しくらい心配にはなるよ」

レイブン様のおかげで快進撃を続けていたセントレイク王国は、その要だったレイブン様が力を失ったことで窮地に陥っている。

散々力を誇示し、いくつもの国を侵略していたのだから、他の国々の敵対心を煽《あお》ってしまった。自業自得ではある。

もはや今のセントレイクに、戦争を起こせるだけの力も、防衛戦に耐えうるだけの根気もない。このまま穏便にいくのなら、どこかの国に取り込まれるだろう。

世界最大級の国家セントレイクは、正真正銘の終わりを迎えることになる。

「だったら戻るか？」

「それはないかな」

きっぱりと断る。戻りたいという気持ちは、もはや完全に消えてしまった。

この気持ちも、心配というより同情に近い。浅はかなレイブン様の失敗に、多くの人たちが振り回されたのだから。

私もその一人として、可哀《かわい》そうだなとは思う。それでも今は他人事《ひとごと》だ。

「セントレイクのこともそうだけど、あの人のことも気がかりだね」

「スカールだったか？　何者なんだろうな」

「わからない。少なくとも、普通の人間じゃない。私たちと同じ力を持っているのは確かだよ」

突如として戦場に現れ、どこかへ消えてしまったスカールと名乗る人物。その行方はつかめておらず、正体も謎に包まれている。

レイブン様を利用した真の理由は何なのか。本当にただ面白がって力を貸しただけなのか。

人類の世を終わらせる……あの言葉が頭に残っている。とはいえ、今のところノーストリアの脅威にはならないし、行方もわからない。

スカールのことは騎士団の方々も捜してくれているから、いずれ何か情報が入るかもしれない。それを期待して待つことにする。

今はそれより……。

「こっちをどうにかしないといけないね」

「そうだな」

目下、私たちは大きな問題を抱えていた。

それは……。

「さすがに窮屈だもん」

増えすぎた魔獣たちの住処《すみか》だ。例の一件で私がテイムした子たちがみんなこの国にやってきた。

セントレイク王国で見ていた子たち、その半数だ。

当然ながら、国としての規模が小さいノーストリア王国の王都に、彼らを住まわせるだけのスペースはない。

今は王城、宮廷、王都内の空き地など。あるスペースに無理やり押し込んでいる。

この子たちは優秀で大人しいから、人間を襲うことは絶対にない。

街の人たちも、ビーストマスターである私がそう言うならと、快く信じてくれた。

「とはいえ長く放置できないだろ」

「うん。できるだけ早く解決しないと。新しい施設の建設の話は進んでるんだよね？」

「一応な。けどそんなすぐには建てられないぞ」

「わかってる。それまでは私たちが頑張るよ」

この子たちがストレスを感じないように。

定期的に場所を入れ替えて、遊べる時間も作ってあげなきゃ。そういうケアも私たちの仕事だ。

「ならうってつけの話があるぞ」

「なに？」

「新しい仕事だ。本来は騎士団に来ている話だが、お前の力が役立つと思う」

リクル君から一枚の依頼書を手渡される。

中身を確認する。内容を端的に表すなら、魔獣退治の依頼だった。

王都近郊の森に、魔獣が大量発生しているという。

元々野生動物が多く、魔獣は少ない場所だった。しかし最近になって魔獣の数が増え、生態系に大きな影響を与えている。

加えてその森は王都から他の街への通り道になっていた。これ以上魔獣が増え続けると、通行者に被害がでてしまう。

早急に対応が必要、とされている。

「どうだ？」

「これに同行してほしいってこと？」

「そうだ。必要ならここの魔獣たちも連れて行っていい。適当な運動にはなるんじゃないかと思って」

「うーん、どれくらいの規模かによるけど……そうだね。参加するよ」

ちょうどいい機会だ。この国の中にどういう魔獣が生息しているのか。

実際に見て確かめよう。

私はこの国に来て日が浅い。知らなきゃいけないことがたくさんある。

「決まりだな。あとで騎士団長とも打ち合わせがある。それにも参加してもらうぞ」

「うん」

「じゃあまた後で連絡する。仕事頑張れよ」

「リクル君もね」

手を振り、彼は去っていく。そうして私は仕事を再開する。

レイブン様が帰ってから、忙しい以外特に変化はない。

驚くほど平和で、静かだ。国の外では今頃大変なことになっているかもしれないけど、

私たちには関係ない。

私は今日も、明日も、平穏を満喫する。

◇◇◇

「初めまして、セルビア殿。騎士団長のロードンと申します。此度《こたび》は我々の作戦に参加していただけるとのこと、心強いです」

「あ、いえこちらこそ、勝手にお邪魔して申し訳ありません」

「勝手じゃないだろ？　お前はビーストマスターなんだから堂々としてればいいんだ」

「そ、そんなこと言われても……」

初めての騎士団長との顔合わせ。予想以上に怖そうな顔の、屈強な人が出てきた。身体《からだ》つきがまず違う。握手したらそのまま手を握りつぶされそうなくらい、腕も太くて手も大きい。

それに年上、目上の人の雰囲気もあって萎縮する。

「殿下のおっしゃる通りです。セルビア殿は今や我が国の要でしょう。どうぞ硬くならず、普段通りにしていただければ」

「騎士団長もそう言ってるぞ？」

「か、簡単に言わないでよ。すみませんロードンさん、私はまだまだこの国では新人なので、わからないことのほうが多いです。だからいろいろと教えてほしいと思っています」

「左様ですか。セルビア殿は謙虚ですね。若いのに素晴らしい。殿下もいいお方を連れてきてくださった」

丁寧な口調に私に対する敬意を感じる。

騎士団長さんは見た目よりずっと優しいのかもしれない。

陛下と初めて対面した時に似ている。見た目と性格のギャップというか、合っていない人がこの国には多い？

「さて本題だ。今回の作戦についておさらいしておく。ロードン、頼む」

「はっ、では簡潔に」

騎士団長から説明を受ける。すでに現状は把握していて、どう対処するかのお話。

地図を広げ、位置を確認し、範囲を特定する。

魔獣を一匹も逃がさないように、騎士団と私のテイムした子たちで包囲する。

その後は徐々に外側から攻めていく。

「兵力を分散することになりますが、魔獣たちも一か所に固まっているわけではありませんので問題ないでしょう。いかがですか？　セルビア殿」

「はい。私も問題ありません」

「問題なさそうだな？　じゃあ予定通り、今夜出発してもらうぞ」

夜のうちに王都を出発し、朝方までに準備を整える。魔獣たちは夜のほうが活発に動き、朝になると休むものが多い。

動き疲れているところを狙う作戦だ。私は時間までに連れて行く子たちを厳選する。

森の規模が実際に見てみないとわからないから、飛行できる子はほしい。

あとは森の地形を壊さないで戦える子たち。

「アルゲンとブラックウルフかな」

長距離の移動も考えると、この二種類が一番合っている。アルゲンは身体の大きな鳥の魔獣で、人間も一人程度なら乗せて飛べる。

ブラックウルフは漆黒の毛皮をまとった狼《おおかみ》。小型だけど素早く、群れで連携をとることで大型の魔獣すら捕食する。

連れて行く子たちを決めたら、あとは準備して待つだけ。時間になり、夜がやってくる。

私は魔獣を引き連れ騎士団と合流、そのまま静かなうちに王都を出発した。

私はブラックウルフの背に乗り、騎士団の先頭を進む。

隣には馬に乗っている騎士団長の姿がある。

「セルビア殿、本当に助かります。移動中の周囲の警戒までしていただいて」

「いえ、お礼ならあの子たちに言ってあげてください」

空を飛ぶアルゲンたち。彼らが空中で旋回し、周囲を警戒してくれている。

もしも何か見つかれば、すぐに私に教えてくれる。

「あれもセルビア殿がテイムされたのですね」

「はい。セントレイクにいる頃ですけど」

「獰猛《どうもう》な魔獣がこうも従順に……戦ったことがある身としては、正直信じられませんね。テイムというのは、どういう生物にも有効なのですか？」

「そうですね。魔力を持っている生き物なら全て対象です。テイムには魔力が不可欠ですから」

テイムとは、手懐《てなず》けること。その方法は対象に自身の魔力を注ぎ込むことで、自身の魔力で相手を縛る。

本来、テイムする際は相手を弱らせる必要がある。

元気な状態で魔力を注ごうとしても、相手に拒絶されてしまう。

弱った相手は回復のために様々なものを取り込もうとする。そこに魔力を注ぐことで、対象を屈服させる。

ただし魔力量に圧倒的な差がある場合や、相性がいい場合などに限り、弱らせなくてもテイムが可能になる。

私は魔力量には自信があって、大抵の魔獣なら戦わずにテイムできる。

「今日の子たちも、できればテイムしてあげたいんです。彼らも生きるのに必死なだけで、悪になろうとしているわけじゃありませんから」

「なるほど、それは確かにそうですね。彼らからすれば、我々のほうが悪でしょう」

「どっちも悪ではありません。お互い、生きるために足掻《あが》いているだけです」

「左様ですね。願わくは、共に生きる道を模索したいものです」

「はい」

そのための方法の一つが、私の力だ。争うだけが力の使い方じゃない。

奪う力は、守る力に変わることだってある。

移動を続け、朝日が顔を出す。私たちはすでに目的地に到着し、静かに、確実に森を囲んでいく。

私はアルゲンの背に乗り、上から森の状態を確認する。

「結構な種類がいる……けど」

思ったよりも生息範囲は広くない。このくらいの広さならギリギリ足りるかも。

私はアルゲンで騎士団長のもとへ降りる。

「セルビア殿、いかがでしたか？」

「魔獣は確認できました。ちょうど休み始めているところです」

「左様ですか、ならば予定通りに」

「それなんですけど、一つ試してもいいでしょうか？　誰も傷つかずに済むいい考えがあるんです」

騎士団長ロードンさん指揮のもと、騎士たちが森を囲んでいく。

一匹も逃がさないように。動物や魔獣は気配に敏感な生き物だ。

距離は離れていても、周囲に何者かが集まっていることに気付いている。

必然、彼らは固まる。

群れを成す魔獣は群れで固まり、そうでないもので力に自信がないものたちは身を潜める。

力をもつ強者のみが臨戦態勢をとるが、すぐに戦いを仕掛けてくることはないだろう。

「皆にはあまり接近しすぎないように伝えよ。激しく刺激せず、退路を断つだけでいい」

「はっ！」

ロードンさんはそう指示していた。

彼らにもパーソナルエリアというものが存在している。群れの縄張りとは別の、個々の不可侵領域。そこに踏み込めば魔獣を激しく刺激し、問答無用で襲い掛かってくるだろう。

しかし適切な距離さえ守っていれば、彼らはじっと警戒する状態を保つ。

魔獣の多くは本能で動く。まだ距離が遠く、空腹でもない限り距離を保てば襲われない。

「セルビア殿、これでよろしいか？」

「はい。ありがとうございます」

逃げ道さえ塞いでくれたら問題ない。あとは私のお仕事だ。

私は一匹のアルゲンに跨《また》がる。

「それじゃ行ってきます」

「お気をつけください。あなたに何かあれば、殿下に申し訳が立ちません」

「はい」

心配してくれるロードンさんにニコリと微笑《ほほえ》みかける。

大丈夫、危険は少ない。私はただ、私にできる最善の方法をとるだけだ。

アルゲンに乗った私はそのまま飛び立つ。目的の場所は上空、騎士たちが囲んでいる森の中心。幸いなことに、この森に生息している魔獣はすべて陸上で生活している。

私が空を飛んでも刺激することはない。だからこそ安全に、適切に行動できる。

私は改めて範囲を目視で確認した。

「広い……けど」

この広さならギリギリ覆える。

私の魔力で！

「すぅー……よし！」

大きく深呼吸をして呼吸を整える。

決意を胸に、私は両腕を広げ、魔力を膨張させる。

「魔力領域、解放！」

私自身を中心に、橙色《だいだいいろ》の光が周囲へ拡散される。

太陽の光が地上を照らすように。空っぽのコップが水で満ちていくように。

私の魔力が森中に広がっていく。

通常、魔力をそのままの状態で放出することはできない。

魔力とは形のない力の波。それを体外へ放出するためには、魔法や結界などの力に変換する必要がある。

魔法使いは魔力の扱いに長《た》けている。だけど、魔力そのものを使って身体強化や循環はさせられても、魔力だけを外に出すことはできない。

唯一、調教の適性を持つテイマーだけは例外だった。

私たちは魔力をそのまま放出することができる。つまり、触れることなく、近づくこともなく、私たちは生物に魔力を注ぐことができる。

私の魔力は魔獣たちにとって異物だ。魔獣たちもそれに気づき、それぞれの行動を見せる。

逃げようとするもの、威嚇するもの。どれも私には届かない。空にいる私に、彼らは何もできない。

一方的に調教……テイムを完了させる。

「っ……さすがにちょっと疲れるかな」

魔力量に自信がある私でも、これだけの範囲に拡散させれば長くはもたない。

加えて範囲が広い分、魔獣に注がれず無駄になった魔力も多くある。

効率はあまりよくはない。さらには対象が多い分、一匹に注げる魔力の量も変わる。必然的に弱い魔獣だけをテイムし、強い魔獣は私の魔力に抗《あらが》っている。

「半分……よりもう少し多いかな」

魔力の放出だけでテイムできた魔獣たちは大人しくなる。

残るは三割強。このまま魔力の放出を続けても時間の無駄だ。彼らを弱らせない限り、テイムが完了することはない。

その役目は――

「みんなお願い！」

私の可愛《かわい》い仲間たちにお願いしよう。

王都から連れてきた魔獣たちが、私の声を聞いて一斉に森へと入る。

テイム直後の生物は命令待ちの状態になり、臨機応変に動くことはできない。

本来はテイム後に時間をかけて共に戦えるように訓練する。つまり、この場でテイムした魔獣たちは戦力にできない。

半数以上をテイムしても、数では未《いま》だ相手が有利。しかし、隣にいた群れの仲間や魔獣たちが急に大人しくなり、周囲には異なる魔力が満ちている状況。混乱した彼らは、普段通りの動きが出せない。

そんな状態で、連携の取れている魔獣たちの動きに敵《かな》うはずもない。

私の仲間たちが次々に森の魔獣を制圧していく。

その間、私はずっと魔力領域を展開し続けていた。

「……残り十秒」

私の限界。それ以上魔力を放出し続ければ命に関わる。

テイムが終わるのはギリギリか。

そう思っていたところで、ロードンさんが叫ぶ。

「包囲を縮めるように前進！　逃げる魔獣のみ攻撃を許可する！」

ロードンさんは自身の判断で私に加勢してくれた。

本当に助かる。これで十秒もかからない。
一、二、三――！
最後の一匹が倒れ、直後にテイムが完了する。

テイム直後は私の魔力を消費して、傷ついた身体を癒やすことができる。

ぐっと魔力が減って怠《だる》いけど、意識を失うほどじゃない。

「ありがとう。戻るよ」

アルゲンに命令し、ロードンさんのもとへ降り立つ。

「お疲れ様でした。セルビア殿」

「はい。さっきはありがとうございました。おかげで助かりました」

「お役に立てたのならよかった。実に見事な手際、感服いたしました」

「ありがとうございます」

褒めてもらえて心が和む。これで死傷者は出さず、魔獣たちも仲間にすることができた。

リクル君も喜んでくれるはずだ。

「しかしこの数……また飼育の場所が必要になりますね」

「あ……」

忘れていた。場所がなくて困っていたんだっけ。

「……リクル君になんて言おう」

言い訳は今のうちに考えておこう。

◇◇◇

騎士団に同行して任務を終えた私は王都へ帰還した。

帰還後、早々にリクル君のもとへ報告に向かった。

「……」

「なるほどな。それで、結局全部テイムしてしまったと?」

「……そうなるかなぁ?」

私は視線を逸《そ》らす。すると彼は大きくため息をこぼす。

「はぁ……なんとなくこうなる予感がしてたんだが、できれば外れてほしかった」

「すみませんでした」

「悪いと思ってるのか？」

「……ちょっとは？」

「なんで疑問形なんだ。まったく、これ以上魔獣の数を増やしてどうするんだ」

再びリクル君は大きなため息をこぼした。その点は本当に申し訳ないと思っている。

私についてきたセントレイクの生き物たちの住む場所が足りない。

急激に増えた生き物に対応しきれていない。

新たな飼育施設を建設する話はすすんでいるけど、それもすぐには完成しない。

場所を定め、材料を集め、人を雇い、時間をかけてようやく完成する。

その間、生き物たちがストレスを感じないようにお世話をするのが私の役目で、今回の遠征もその一環ではあった。

もっともその結果、逆に生き物の数が増えてしまったわけだけど。

「さて、どうするかな」

「新しく建設している建物はいつごろできそうなの？」

「予定では三か月後だった。けどダメだ。数が増えたから元々想定していた場所と大きさじゃ対応できない」

「そ、そんなにギリギリだったんだね……」

非常に申し訳ない気持ちでいっぱいになる。

そうと知っていれば……いいや、知っていても結局私は同じことをしたと思う。

魔獣だって生きているだけだ。

一方的に住処を、命を奪うなんて可哀そうだと思ってしまうから。

そういう意味では今回のことも、反省はしているが後悔はしていない。

「そことは別にもう一棟作るとかじゃダメ……なのかな？」

「それでもいいが面倒だぞ？　宮廷調教師はお前たち三人だけだ。飼育施設の距離が離れていれば、それだけ移動に時間がかかる。毎日残業になってもいいなら止めないが」

「そ、それは嫌だね」

「だろうな。だから作るなら一か所、もしくは距離の近い場所になる」

リクル君は頭を悩ませる。執務室でテーブルに向かいうなる。

テーブルには王都の地図が置かれていた。

私も近づいて覗《のぞ》き込む。印がついている箇所は、どうやら建設予定だった場所らしい。

王城のすぐ近くで、そこなら移動も簡単だっただろう。

「幸いまだ建設も始めていないから、資材が無駄になることはないが……やはりここしかないか」

「いい場所の心当たりがあるの？」

「まぁな。ここだ」

リクル君が示したのは、市街地の中で空白になっている謎の空間だった。

ちょうど王城の面積とほぼ同じ大きさで、ここからの距離もそこまで離れていない。

広さ的には十分だし、距離も申し分ない。条件的には完璧な場所だ。最初からこの場所に作ればいいのではと思うほどに。

ただ、そうしなかったのだから、何か理由があるのだろう。

私はそれを尋ねる。

「ここは？」

「城の跡地だよ。今から六代前までの時代は、こっちに王城があったんだ。戦争で王城の大部分が破壊されて、今の場所に城を移すことになった」

「初めからここにお城があったわけじゃないんだね」

ということは、この城はそれなりに新しい建物なのかな？

六代前なら百年以上は経過しているし、一般的に見たら全然新しくはないけど。王城や王宮は、先祖代々受け継がれてきた宝の一つでもある。

それ故に、王国内で最も古い建物が王城、という場合もあったりする。

それほど王城とは、国民にとっても王族にとっても大切な場所と言える。

たとえ跡地であっても。

「そんな場所に建てるのって……リクル君はいいの？」

「俺は構わない。土地が限られているなら使うべきだ。父上も同じ考えだと思う」

「だったらここに建てればいいんじゃないの？」

「そう簡単じゃないんだ。一番の問題はそこじゃなくて、ここが市街地の中にあるってことなんだよ」

リクル君はわかるようにぐるっと旧城跡の周囲を指でなぞった。

示された通り、そこは人々が住まう住宅街の中にある。

城を今の場所に移した後、王国は発展して人口が増えていった。

増える人口に対応するため、旧城の周りにも民家が建設されるようになり、現在は城があった場所の周囲が住宅街になっている。

この地に飼育施設をつくるためには、近隣住民の了承が必要になる。

もちろん王族であるリクル君が命令すれば、人々の意見なんて無視して強引に進められるだろう。だけどリクル君はそれをしない。

理由なんて聞くまでもない。

人々が日々を健やかに過ごせるように計らうことが王族の役目だからだ。

「一般人にとって魔獣は怖い存在だ。それがすぐ近くにいるってことへの恐怖はあるだろう」

「テイムされてる魔獣なら安全だよ？」

「それを知っているのは一部だけだ。特にうちの国は、お前が来てくれるまで調教師も二人しかいなかったからな。国民にとって魔獣は身近な存在じゃないんだよ」

その辺りは大国と違う点だろう。

大きな国ほど国を守り、発展させるためには力がいる。

人間だけでは足りない部分に、魔獣や異なる生き物の力を利用する。

大国で暮らす人々にとって、魔獣は危険な対象であると同時に、自分たちの生活を守ってくれる存在でもある。

怖い魔獣と頼りになる魔獣。二つの考え方が共存した社会に長く浸《つ》かれば、嫌でも理解するだろう。

この国は小さく、まだその段階に至っていない。

今すぐ慣れてもらうのは難しい。

「何かないか。安心してもらえる方法が」

「そうだね……」

大事なのはイメージの払拭だ。

テイムした魔獣は怖くない、危険はないと知ってもらうこと。慣れるために一番手っ取り早いのは、触れ合いだ。

少なくとも私はそう思う。

だったら――

「触れ合える場所を作ればいいんじゃないかな？」

「なんだ？　触れ合える場所？」

「うん。たとえばカフェみたいな場所で、生き物たちとゆっくり触れ合えるようにするの。上手《うま》くいけば恐怖をなくして、みんなにとって安らげる場所になると思うんだ」

「……なるほどな。悪くないかもしれないぞ」

テイムした魔獣は怖くない。危険な存在ではなくて、より身近な頼れる相手だと知ってもらう。

その方法で最も効率的なのは触れ合いだと思った。

誰しも知らない、触れ合えない相手だからこそ怖いんだ。

噂《うわさ》や未知に対する恐怖は、知ってしまえば薄れる。

調教師やテイムした生き物たちのことを人々に知ってもらうのも、私たちの役目だろう。

「ただその場合、余計に時間がかかるだろうな。施設以外にカフェ用の建物も必要になる」

「そこは上手くどこかを借りられないかな？　一時的でもいいんだ。みんなに知ってもらう機会を作りたいだけだから」

「だったらいっそここを開放するか」

「ここって……まさか王城を？」

私が驚きながら尋ねると、リクル君は笑顔で頷《うなず》いた。

「ここなら広さも申し分ないし、今から新しく店舗を作る必要はない。生き物たちの移動もなくて楽だろう？」

「それはそうだけど、いいのかな？」

「父上には俺から話しておく。あとの問題は開催時の警備だな。仮にも王城を開放するんだ。ちゃんとした警備態勢は必要になる。その辺りはロードンに頼もう」

「ロードンさんには私からお願いするよ」

騎士団長のロードンさんなら先の一件で交流が持てた。リクル君ばかりに走り回ってもらうのは忍びない。

私にできることは私がやろう。

「話がついたら一旦ここへ戻ってきてくれ。ついでにお前以外の調教師も連れてきてくれるか？」

「うん。任せて」

私たちはそれぞれの仕事に向かう。

◇◇◇

私が向かったのは騎士団の隊舎。近くに行くと騎士のほうから声をかけてもらえて、すんなり中に入れてもらえた。

騎士団長の部屋に案内され、ロードンさんに事情を話す。

「なるほど、そういう話であればぜひ協力させていただきましょう」

「本当ですか！」

「もちろん。魔獣たちもこの国を守る貴重な戦力です。それを理解してもらえる場所は必要でしょう。何より、セルビア殿の頼みなら断る理由がありません」

「ありがとうございます！」

思っていた以上に私に対する信頼は厚いみたいだ。

昨日の森での一件で、誰も傷つけず、一切の戦力を損なうことなく森を制圧したことが理由だろうか。

どちらにしろ、これで騎士団の協力は得られた。

私はロードンさんにリクル君の執務室へ行ってもらうようにお願いした。

それから私は宮廷にいる二人のもとへ向かう。今の時間ならちょうど休憩中だ。

「リリンちゃん、ルイボスさん」

「セルビアさん、お帰りなさい」

「遅かったっすね！　何かあったんすか？」

「うん。二人に聞いてほしい話があるんです」

予想通り休憩中だった二人に、私は事情を説明する。

話を聞き終わるとリリンちゃんが目を輝かせる。

「いいっすねそれ！　最高じゃないっすか！」

「そう思ってくれる？　二人にも協力してもらいたくて」

「もちろんするっすよ！　うちの子たちの可愛さアピールなら任せてくださいっす！」

リリンちゃんはトンと自分の胸を叩《たた》いて自信をアピールする。

彼女ならそう言ってくれると思っていた。予想通りの反応でホッとする。

ルイボスさんはというと、驚きながらメガネをくいっと持ち上げる。

「まったく、派手なことを思いつきますね」

「さすが姉さんっすね。どこかのメガネしかない先輩とは大違いっすよ」

「……事あるごとに僕を罵倒するのはやめてくれないか？　普通に傷つくんだぞ？」

「あははは……」

この二人は相変わらずだ。

私はルイボスさんに改めて確認を取る。

「協力していただけませんか？」

「もちろん協力はするよ。住民への理解は必要不可欠であり、それは僕たち宮廷調教師の仕事の一部だからね」

「ありがとうございます！」

二人の協力も得られた。私は二人に同行してもらって、リクル君の執務室へと向かう。

道中、ロードンさんとも合流して四人で向かった。

部屋に入るとすでにリクル君が待っていて、私たちはソファーで対面に座る。

リクル君が話を切り出す。

「全員集まったな」

「うん」

「よし。三人とも、ここに来たってことは事情は把握した上で協力してくれるってことで問題ないな？」

「はいっす！」

「そのつもりです」

「我々騎士団も協力いたします」

リクル君は頷き、おさらいと言って改めて説明する。

今回の経緯と必要な理由について。

「今から決めることは大きく二つ。開催の期間と時間帯だ」

「それだけでいいんすか？　カフェにするんすよね？」

「料理とかに関しては王城のシェフに任せる。俺たちみたいな素人が考えるよりずっといいだろ？」

「確かにそうっすね」

思いつきとはいえ王城を開放するんだ。

テキトーな仕事はできない。やるなら絶対に成功させようと意気込む。

「同じ理由で当日の警備は騎士団に任せる」

「お任せください」

「参加させる生き物の選定と管理もだ。そっちはセルビアたちに任せるぞ」

「うん、そのつもりだよ」

そうなると確かに、決めるのは期間と時間だけだ。

私たちは話し合う。細かい段取りも含めて。

「せっかくなら楽しい催しにしたいね」

「そうなるといいな」

願わくは、この機会に多くの人に知ってほしい。

私たちが普段何をしているのかを。
国が、人々が、どうやって守られているのかを。

第六章

話し合いの結果、開催は二週間。時間帯は正午から夕刻までの間に決定した。

王城を長く開放するリスクと、王都の人々が訪れやすい時間帯を考慮した結果だ。

開催前に王都へ知らせを送る。急に始めたって誰も来てくれないし、準備の時間もある。

最初の話し合いから一週間後に初日を開催する予定で進める。

「どの子がいいっすかね？」

「やはり触れ合いやすさを重視すべきだろう。見た目の怖さが薄く、かつ小さい個体が望ましい」

「それじゃ意味ないじゃないっすか！　見た目が怖くても怖くないぞってことを伝えるための場所っすよ？　ここはウチのとっておき、ケルベロスちゃんで行くっす」

「いや、いきなりそれはハードルが高いだろう。せめてブラックウルフ辺りから慣れてもらったほうが……」

私たち宮廷調教師に任されたことは、当日に参加する生き物たちを選ぶこと。

今回の目的は、私たちが管理している生き物たちの安全性をアピールすることにある。

スペース的に全員を入れることは不可能。人の出入りを考えると、あまり大きな個体は入れられない。

何より私たちは三人しかいない。

万が一のことを考えて、私たちが手綱を引ける数に限定される。よって生き物選びはとても重要だ。

「姉さんはどう思うっすか？」

「私は絞る必要はない気がする」

「というと？」

「せっかく二週間もあるんだし、毎日変えればいいんじゃないかなと」

「あ、確かにそうっすね」

「二週間ずっと同じにする必要はなかったか。盲点だったよ」

という様子で話し合いは順調に進み、私たちは開催まで準備に勤《いそ》しんだ。

騎士団やリクル君のほうも慌ただしい。簡単に進めているようで大掛かりな催しになった。

リクル君も頑張ってくれている。

絶対に成功させようと、私は改めて決意した。

それから時間はあっという間に過ぎて――

一週間後の正午。王城を開放した一大イベントが開催される。

城門を開放すると同時に、大勢の人々が押し寄せた。

「思った以上に多いね」

「宣伝が効いたか？　それともみんな興味があったのかもしれないな。宮廷調教師……いや、ビーストマスターのお前に」

そう言ってリクル君は隣でニヤっと笑う。

ちょっぴり緊張している私に意地悪でもするつもりなのかな？

私はむすっとした顔をして言い返す。

「リクル君が人気者だからかもしれないよ？」

「ははっ、それこそいいことだろ？　王族が国民に好かれているなんて光栄じゃないか」

「……確かに」

どうやら私に煽《あお》りの才能はなかったらしい。

一回で悟ってしまった。私はため息を一つ、少し高い位置から辺りを見回す。

「それにしても、カフェっていうよりお祭りになったね」

「この規模だとそうだな。シェフの意見を聞いて露店形式にしたのは正解だったか」

「みたいだね」

王城のシェフさんの提案で、いくつか露店を出店することになった。

そのほうが食べ歩けるし、飲食スペースを作らなくてもいい。

代わりに人員は必要になったけど、そこはシェフさんたちが上手《うま》く切り盛りしてくれている。

専門的なことはプロに任せたほうがいい。まさにその通りの結果になった。

「じゃあ私もそろそろ行くね」

「おう。頑張ってアピールしてきてくれ」

「うん！」

リクル君のもとを離れ、私は階段を駆け下りる。

準備は万端。会場へと続く道の途中に大きなホールがあり、そこで魔獣たちやリリンちゃんとルイボスさんが待っている。

「お待たせしました！」

「遅いっすよ姉さん！」

「こっちの準備は万端です」

「はい。じゃあ行きましょう！」

ホールの扉を開ける。そこはすでに王城へやってきた人々の中。嫌でも視界に入る位置に、私たちは出る。

後ろには凶暴と言われている魔獣たちを従えて。

「お、おお……魔獣があんなに」

「本当に大丈夫なのか？」

不安そうな声を上げる人たちもいる。

私はそんな人たちに向かって笑顔で伝える。

「心配はいりません。この子たちはテイム済みですので、人間を襲うことは絶対にありませんから」

安全をアピールするように、私たちは魔獣に触れる。

先頭を歩いてくれているのはブラックウルフ。見た目は凶悪そうだけど、犬に近く大きさもちょうどいい。

毛並みもモフモフしているし、触れ合いにはピッタリな子たちだ。

「皆さんもどうぞ触ってみてください。気持ちいいですよ？」

「さ、触れるのか？」

「ねぇねぇお母さん、わたし触ってみたい！」

大人たちがしり込みする中で、最初に興味を示してくれたのは小さな女の子だった。

子供は無邪気で好奇心旺盛だ。恐怖よりも興味のほうが強く出やすい。

母親は戸惑っているけど、これはチャンスだと思った。私は一匹をつれて、ゆっくりと女の子のもとへ近づく。なるべくゆっくり、適切な距離を保ちながら。

あと一歩踏み出せば触れ合える距離まで近づいて、私たちは止まる。

「触ってみますか？」

ここから先は私からじゃなくて、相手から歩み寄ってほしい。

そうじゃないと意味がない。

私はじっと待つ。すると女の子が母親の手を引く。

「行こう！　ねぇ！」

「え、ええ」

それに引っ張られて母親も前へ出る。みんなが見守る中、親子は魔獣に触れられる領域に踏み入る。

普通ならぱくりと食べられてしまう距離。ブラックウルフは頭を下げる。

「どうぞって」

「わーい！」

女の子は無邪気に喜び、頭を撫《な》でた。

犬でも愛《め》でるように。

「ふわふわだぁー！」

「でしょ？　一緒に寝るとすごく気持ちいいんだよ？」

「いいないいな！　私も寝てみたい！」

「じゃあ今度、お姉さんと一緒にね」

「うん！」

穏やかな空気が流れる。この光景がきっかけとなり、人々の心から恐怖が薄れる。

少なくとも私たちと一緒なら大丈夫だと。

「他の皆さんもどうぞ前へ来てください。せっかくの機会です。触れ合ってみませんか？」

人々は顔を見合わせ、歩み寄ってくる。

カフェもとい、祭りはこうして始まった。

「おお……大人しいな」

「テイムしている生き物は人間を仲間だと思ってるんすよ。だからこっちから危害を加えない限り襲われる心配はないっす」

「大きいわね」

「魔獣の多くは戦いの中で生きています。身体《からだ》の大きさは戦うために必要なものです。確かに少し怖いですが、大きいことは僕たちにとっても利点があります。例えば荷物の運搬。馬では力不足な大荷物も、彼らなら引っ張れます」

リリンちゃんとルイボスさん。二人が訪れた人々に説明してくれている。

丁寧にわかりやすく、触れ合いも織り交ぜながら。

いきなり魔獣に近づくのは怖くても、同じ人間である私たちが隣にいれば恐怖は和らぐ。

一先《ひとま》ず安全、安心は伝わっただろうか。私のもとにも多くの人々が集まる。

「あなたがビーストマスター様なのですか？」

「はい。セルビアと申します」

「おお……では以前に王都の空に大蛇を召喚されたのも？」

「はい。その節はお騒がせしてしまい申し訳ありませんでした。皆様を驚かせるつもりはなかったのですが、配慮が足りませんでした」

私は深々と頭を下げる。

すると質問した男性は慌てて手と首を振る。

「そんな、顔をお上げください。この国にビーストマスターが誕生することなど誰も予想しておりませんでした。私を含む国民は皆、驚きと喜びを感じているんです。よくぞ来てくださいました」

「ありがとうございます。私も、この国に来られてよかったと、心から思っています」

偽りなき本心を口にする。

温かくまっすぐに、人々へ伝わるように。周りの魔獣たちは、私の想《おも》いに合わせるように軽く頭を下げた。

それが見ていたみんなにもわかったらしく、クスリと笑う。

「まるで親と子のようですね。セルビア様の動きに合わせ魔獣たちが頭を下げましたよ」

「ふふっ、そうですね。私は彼らを仲間であり、大切な家族だと思っています。彼らもそう思ってくれていたら嬉《うれ》しい」

近づいてきた魔獣たちの頭を撫でてあげる。

こうしていると、凶暴な生き物にはとても見えない。

見た目は多少いかついけどね。それでも、悪の化身ではない。

私たちが恐れるのは、魔獣たちのことをよく知らないからだ。

「魔獣も動物も、身体の構造はそこまで大きく変わりません。彼らの最大の特徴は、普通の生き物よりも魔力を濃く宿していることです。彼らの身体を動かす力は、大半が魔力ですから」

私は集まってくれた人々に軽く説明する。

魔獣の誕生は今でも謎に包まれている。一説によれば、野生動物の突然変異で誕生したのが始まりだと言われている。

その原因こそが魔力であると。

魔力は私たち人間にも宿っている力で、生命のエネルギーでもある。

ただし動物のみが宿す力ではなく、植物を含む自然や、ものによっては無機物でも魔力を宿す場合がある。

大自然の中には魔力濃度が濃い場所があり、そういう場所で生まれた生き物に大きな影

響を与える。

まだまだ研究され続けていることだから、結論を出せない。

それでも違いはあれど、同じ世界に生きている命であることに変わりはない。

だったら共存だってできるはずだ。きっかけさえ作れば。

「私たちの力は、彼らと人間との間にある隔たりをなくすことができます。ですから皆さんにも、共に生きるという選択肢があることを知ってほしいんです」

「難しく、そして深い話ですな。確かに共存できるのであれば、これほど頼りになる存在もいないでしょうね」

「はい。ただもちろん、野生とテイム済みの差は大きいです。大人の方々はおわかりだと思いますが、野生の魔獣が危険であることは変わりません。子供たちが勘違いして怪我《けが》をしないように注意する必要もあります」

今回の催しで、一番問題になるのはそこだろう。無邪気な子供たちは魔獣が危険な存在ではないことを知る。

テイムされた魔獣が安全なのであって、野生の魔獣たちは生きるために獲物を求める。

知らずに近づいてしまったら、たどり着く未来は死だ。

「ねぇママ！　私も魔獣さんがほしい！」

狙い通りに、どこからか女の子の声が聞こえた。

ブラックウルフに触ってくれた子だ。

母親にせがんでいる。ペットとして飼育したいらしい。

「ねぇほしいよ！　ママ！」

魔獣に触れて興味を持ってしまった結果だ。

このまま放置すれば大変なことになる。私の責任で、彼女を危険にさらしたくはない。

「すみません。話をしてきます」

「いや、心配はいりませんよ」

「え？」

「見ていてください」

声をかけに行こうとしたら制止された。

私は首を傾《かし》げる。なぜだか皆、その光景を見守っていた。母親がせがむ子供の視線に合わせてしゃがみこむ。

「ダメよ」

「なんで？　こんなに可愛《かわい》いのに」

「それはね？　この子たちがしっかり躾《しつけ》されているからよ。ビーストマスター様が見てくださっているから平気なの。お外の魔獣さんはもっと怖くて、こんなに近づいたらパクッて食べられちゃうわ」

「そうなの？　食べられちゃうの？」

母親は優しく頷《うなず》く。

「魔獣さんと仲良くなりたいなら、ちゃんとお勉強して、ビーストマスター様みたいにならないとダメなの。だから、私がいいって言った魔獣さん以外には近づいちゃダメよ？　約束できる？」

「……わかった。じゃあ私もお勉強して、大きくなったらビーストマスターさんになる！」

「ふふっ、頑張らないといけないわね」

「頑張るもん！」

母親に説得された女の子は笑顔を見せる。

素直でいい子だ。それに、母親も子供とのコミュニケーションがしっかりとれている。

「危険なことを教えるのは、私たち大人の役目です。ビーストマスター様だけのお仕事ではありません」

「……そうみたいですね」

私じゃきっと、あの女の子を説得できなかっただろう。

母親の強さと頼もしさをこの目で確かめられた。

こんな風にみんなが協力してくれるなら、理解される日も近いだろう。

こうしてお祭り一日目が終わる。

「本日はここまでとなります。お集まりになられた皆様、ありがとうございました。お気をつけてお帰りください」

夕刻になり、男性が全体にアナウンスをかける。

「お姉さんバイバーイ！」

「ありがとうございました。ビーストマスター様」

「お気をつけて」

訪れてくれた人々の多くは、満足したような表情で去っていく。

リリンちゃんやルイボスさんのほうも盛況だった。帰路につく人々の後ろ姿を見ながらホッとする。

上手くいってよかった。

それに、喜んでもらえたみたいで。

「嬉しそうだな」

「うん」

「あっちじゃなくて、お前がだよ」

「え？　あ、リクル君」

いつの間にか私の後ろに立っていた彼は、呆《あき》れたような笑みを浮かべて隣に立つ。城内の人々はほとんど外へ出て、最後の数人の後ろ姿が見える。

それをリクル君は眺めながらつぶやく。

「仕事の合間に見ていたけど、かなりよかったんじゃないのか？」

「そう思う？」

「ああ。お前はどうなんだ？」

「手ごたえはあったかな。みんな優しい人たちでよかったよ」

私の話に耳を傾けてくれた。

大人も子供も、様々な視点でふれあい、確かめ合いながら感じてくれただろう。

私たちが普段何をやっているのか。

国を支えているのが人間だけではないということを。

直接目で見て触れ合えた体験は大きかったはずだ。

「明日はもっと来てくれるといいね」

「さすがにこれ以上増えたら城に入りきらないぞ」

「ふふっ、そうなったらビックリだよね」

「案外ありえない話でもないけどな」

リクル君は腰に手を当て、人々が去ったあとの会場に視線を向ける。

「今日のことが街に届いて噂《うわさ》になれば、興味を持つ人も増える。今日は来なかった人たちも、楽しかったらしいって聞いたら来てくれるかもしれないだろ？」

「ああ……そうかも」

そうだとしたら嬉しい。

噂が人を呼び、より多くの人たちが私たちに興味を抱いてくれたら。それこそ望むべき未来だろう。

もちろん逆もある。楽しくないと思われたら、そういう噂も広がるだろう。

興味を抱いてもらえるかどうかは、全て私たちの腕にかかっているんだ。

「明日からも頑張らないとね」

「そうだな。まずは掃除と片付けだ」

「うん」

「終わったらちゃんと休むんだぞ？　二週間は長い。途中で倒れたりしたら全部がパーだ」

「わかってるよ」

「だといいけどな」

リクル君は私のことを信用していないのかな？

ちゃんとわかっているよ。倒れたら今日までの準備も、その先のことも無駄になるかもしれない。

何よりここはセントレイクの宮廷じゃない。

休める環境にいさせてもらえるから、心置きなく仕事に取り組める。

改めて思う。休みがある……それって頑張るために一番必要なことかもしれないって。

◇◇◇

世界には様々な国がある。

大きい国、小さい国。強い国、弱い国。いい国、悪い国。国、といっても様々で、似ているところはあっても完全に同じものは存在しない。

人の好み、文化、交流。国を構成するあらゆる要素にバラつきがあり、それらが個性である。

ただし、全世界の国々に共通するものがある。それは認識であり、常識でもある。

誰もが知り、注目する存在。

そう、ビーストマスターだ。

「――ノーストリアのビーストマスター誕生は事実だったようですね」

「ええ、間違いありません。潜入していた者が存在を確認しました」

「あの話は？　元セントレイク王国の宮廷調教師が、管理していた生物ごと引き抜かれたというのは？」

「どうやらそれも事実のようです」

特に大国の事情は、誰もが知りたい情報の一つである。

世界でビーストマスターを有する国家は三つ。そのうちの一つがすり替わった。

大国の戦力をごっそり引き抜いて、弱小国家だったノーストリア王国が生まれ変わった。

注目しないはずがないだろう。同じくビーストマスターを有する国家や、それに準ずる大国は。

「事実なら、セントレイクはもう終わりだろう」

「ええ。すでに敵対国家の多くが同盟を組み、侵略戦争の準備をしているようです」

「ならば我々も便乗しておくか」

「お戯れを、陛下。私たちが介入する意味はありません」

王城の寝室で、国王と若い女性が抱き合う。

彼らは夫婦ではない。愛人でもない。しかし特別な存在ではあった。

国王にとっても、王国にとっても。

なぜなら彼女は――

「この国には私が、ビーストマスターがもういるのです。落ちぶれた大国を攻める理由も、助力する理由もありません」

ウエスタン王国のビーストマスター、イルミナ・ヴァンティリア。

十年前に起こった三国戦争にて活躍し、二つの大国を降《くだ》しウエスタン王国を守り抜いた美しき英雄である。

「ですが、陛下がお望みであれば私は動きましょう」

「いいや必要ない。大国の戦力は半数を失っている。攻めたところで手に入るものもない。それよりは……ノーストリアのほうが興味をそそる」

「引き抜かれたビーストマスターですか？」

「ああ。大国の戦力の半数が引き抜かれた……ということはつまり、その半数をビーストマスター一人で制御していたことになる。事実なら、君をも超える存在かもしれない」

国王の一言に、彼女はピクリと眉を動かす。

軽い苛立《いらだ》ちを感じながら、彼女は妖艶に笑う。

「ふふっ、もしそうなら、どうしますか？」

「無論ほしい。その前にどのような人物か確かめる必要があるな」

「では、その役目は私の従者に任せましょう。もし上手くできそうなら、攫《さら》ってしまっても構いませんよね？」

「上手い方法があるなら、な」

イルミナは不敵に笑う。

◇◇◇

会場前がざわつく。すでに多くの人たちが待ち望む。今か今かと、城門前で。

「さぁ、準備はいいですか？」

「準備万端っす！」

「問題ないよ」

「――じゃあ始めましょう」

アナウンスが木霊して、城門が開かれる。

大勢の人々が押し寄せる。リクル君が予想していたように、昨日よりも人の勢いが激しい。

城門を開いてたった数十秒で、会場は人で埋まってしまった。

「うおっ！　めちゃくちゃ多いっすね！　昨日の倍は来てるんじゃないっすか？」

「倍はさすがに来ていないと思うが？」

「細かいっすね。そういうテンション下がること平気でいうからメガネなんすよ」

「メガネは視力が悪いからだ！」

リリンちゃんとルイボスさんの軽快なトークを耳にしながら、人の波ができる会場を観察する。倍ではないにしろ、明らかに昨日より多い。

昨日も来てくれた人もちらほらいるけど、大半が新しいお客さんだ。

「本当に王城へ入れるのか」

「これだけでも来る価値があるな。しかし噂の魔獣やビーストマスター様はいないのか？」

「これからじゃないのか」

どうやらいい噂は広まってくれたらしい。

噂を聞いた人たちが興味を持ち、こうして集まってくれた。

嬉しさを胸に、私たちは顔を見合わせ頷く。

「行きましょう」

「はいっす！」

「ああ」

私たちも会場へと入る。昨日とは違った仲間たちを連れて。会場に集まった人々の視線が一気に集まる。

「おお！　あの方々がそうなのか」

「ビーストマスター様は女性だったはずだが、先頭を歩いている方がそうだろうか」

「間違いない。他の二人は以前に見たことがある」

魔獣たちだけじゃなくて、それを従える私たちにも注目は集まる。

特に自分に視線が多く集まっていることを感じて、自然と背筋がピンと伸びる。

私は大きく息を吸い、肺の空気を一度全て吐き出す。

こうすると落ち着ける。

「会場にお集まりの皆様、本日はようこそお越しくださいました。ぜひ私たちの仲間と触れ合い、楽しい時間を過ごしてください！」

私の声が響いた後、三人で視線を合わせる。

リリンちゃんは右へ、ルイボスさんは左へ。私はその場に残り、三か所で触れ合えるスペースを確保する。

今回はブラックウルフはいない。

代わりにアルゲンが私の隣でちょこんと座っている。

「気になる方はどうぞ前へ」

「お、大きいなこの鳥……」

「連れ去られたりしないかしら……」

ブラックウルフより大きく迫力があるせいか、私の周りに集まった人たちはビクビクしていた。私はニコリと微笑《ほほえ》み、アルゲンの羽を撫でながら伝える。

「大丈夫です。この子は特に大人しいですから、こうやって触っても怒りません。むしろほら、とっても気持ちよさそうです」

アルゲンは羽や顎辺りを撫でてあげることで、気持ちよさそうに目を細める。

動物も魔獣も、気持ちよければうっとりする。

獰猛《どうもう》な猛禽類《もうきんるい》であっても変わらない。

「気持ちよさそう……」

「触ってみませんか？」

一番反応がよかった女性に声をかける。

私と同じ年代の方だろう。撫でている私を見て、少しだけ羨ましそうにしていたから。

彼女は周りを確認して、自分でいいのかと確認するように、私と視線を合わせる。

「どうぞ」

「は、はい。じゃあ」

彼女はゆっくりと歩み寄る。恐る恐るではあるけど、その表情は興味に溢《あふ》れていた。

一度歩き出したら止まることなく、アルゲンに触れられる距離まで近づく。

「さ、触ってもいいんですか？」

「はい」

私はアルゲンの羽にトントンと触れる。するとアルゲンは私の意志を感じ取り、頭を軽く下げてくれた。

彼女が触れやすいように。

そのしぐさを見て安心したのか、彼女は自分から手を伸ばし、アルゲンのフサフサな顎下に触れる。

「柔らかい、です！」

「気持ちいいんですよ。触ってる手も、触られているほうも」

アルゲンは目を細めていた。

その光景を見た人々から警戒心が薄れていくのを感じる。

「本当に大人しいんだな」

「魔獣がこんなに近く……ちょっと感動だな」

続いて距離をとっていた多くの方々が前へと出てくる。

昨日と同じだ。一人でも歩み寄れば安心してもらえる。

最初の一人さえいてくれたら。

「これだけ大きければ人を乗せて飛べそうだな」

「飛んでみますか？」

「えぇ！」

思い付きで口にしたであろう男性が驚く。

独り言だったのかもしれないけど、興味を持ってくれた発言は聞き逃さない。

私はニコリと微笑む。

「飛べますよ？」

「あ、いや……さすがに怖いな」

「それなら私が乗りたいです!」

そう言ってくれたのは、最初にアルゲンに触れた彼女だった。

もうすっかり警戒していない。彼女の瞳からあふれるのは期待だけだ。

「ずっと夢だったんです。鳥に乗って空を飛ぶのが」

「そうだったんですね。じゃあさっそく、その夢を叶《かな》えちゃいましょう」

私はアルゲンに装着するサドルを用意する。

こんなこともあろうかと、あらかじめすぐ装着できるように準備しておいた。

サドルの装着にはアルゲンのほうから協力してくれる。

これを装着すれば飛んでもいいと学習しているから、むしろ乗り気だ。

「どうぞ跨《また》がってください。サドルに持ち手があるのでしっかりつかまってくださいね」

「はい!」

とてもいい返事だ。子供みたいにワクワクしてくれている。

期待に応えてあげられるように、私も一緒に飛ぼう。

私はもう一匹アルゲンを連れてきて、そちらにもサドルを付ける。

「私の後ろを飛んでね。ぐるっと上を一周するよ」

私は乗る前に、彼女が乗っているアルゲンにそう伝えた。

「それでわかるんですか?」

「はい。テイマーはテイムした相手とは、簡単な意思疎通ができるんです。じゃあ行きますよ。準備はいいですか？」

「は、はい！」

私もアルゲンに乗り込む。それから三つ数えて、大空へ飛び立つ。

翼を広げ、軽やかに。風を感じながら上昇していく。

「おお！　本当に飛んでいるぞ！」

地上の声がかすかに聞こえて、消えて行く。もう人々の姿は豆粒みたいにしか見えない。

広大な景色と、一緒に飛ぶ私たちだけの世界だ。

「わあ……」

「どうですか？　夢が叶った感想は」

「……う、れしすぎて、言葉がでないです」

涙が風にのり、空を舞う。心からの感動を間近で感じて、私の心も羽ばたきそうに騒いでいる。

誰かの夢を叶えられる。

自分の仕事に、誇りを感じて。

第七章

空を見上げる。王城の上空には、二匹の巨大な鳥が飛んでいる。

しかも人を乗せて。知識のない人間が見れば、さぞ驚き腰を抜かす光景だろう。

「派手にやっているなー」

当然、俺は驚かない。魔獣が人を乗せて空を飛ぶなんて、これまで何度も見てきたからだ。

特に、この国にはビーストマスターがいるという。

調教、召喚、憑依《ひょうい》。人ならざるものたちを従えるスペシャリストが。同じ道を行く者なら、誰もが知り、誰もが憧れる存在が。

この国にも……。

「さて、調査といきますか」

俺は急ぎ足で階段を上る。

この長い階段は気に入らない。どうして王城という建物は、街よりも高い場所にあるんだ？

どこの国もその点は変わらない。

王族の見栄《みえ》か何かだろうけど、住む場所の高さでどんな優劣がつけられるというんだ。

平民上がりの俺にとって、彼らの感覚は共有しがたい。

こんなに長くて面倒な階段を上るくらいなら、平民と同じ高さで住んだほうが便利だろう。

「はぁ……憂鬱だ」

ノーストリア王国の実情を潜入調査しろ……なんて、どうしてこんな面倒なことを俺がしなければいけないのか。

陛下からの命令だし、うちのビーストマスター様からも強く言われて逆らえないし。

本当なら今日は休みで、自堕落な生活ができていたのになぁ……。

「はぁ……」

考えるだけでため息が出る。

弱小国家だったノーストリアにビーストマスターが誕生した。

そのニュースは世界中を駆け巡った。しかもその人物は、元セントトレイク王国の宮廷調教師で、亡国の戦力の半数を引き抜いてしまったというじゃないか。

世界三大国家の一つが力を失い、代わりに小国が力をつけた。

確かに注目するだろう。

俺の国のように、世界三大国家に数えられている大国ならば当然だ。

「だからってこんな重要な任務を俺一人にやらせるなよ」

愚痴が零《こぼ》れる。信頼してもらっている証拠なのだろう。

ただ、荷が重い。

俺は別に責任感は強くないし、愛国心もないし、仕事に対してやる気もない。

楽してお金がほしかったから宮廷入りした。

ビーストマスター様直轄の部下になれたまではよかったのに、そこからもう地獄みたいな日々で……。

嫉妬深くて性格が終わっているあの女の部下になったのが運の尽きだったな。

宮廷調教師が高給取りじゃなかったら速攻逃げ出している。

「……ついちゃったよ」

この先は敵地……いや、もう敵地なんだけど。ビーストマスターがここにいる。

そう思うと、どっと気疲れをしてしまう。

うちの性悪女と同じビーストマスターだ。しかもこっちも女なんだろ?

まったくもって嫌な予感しかしない。

「……行くしかないか」

ここで帰るという選択肢もあった。だがその場合、俺は二度とあの国には戻れない。

それどころか追われる身だ。

家じゃなくて、土に還《かえ》る可能性だってある。

俺はまだ二十代前半だ。こんな若さで死にたくはない。

腹をくくって、いざ敵の顔を拝みに行こうか。

俺は城門をくぐる。持ち物検査はあるが問題ない。俺はポゼッシャー、憑依使いだ。危険物なんて持ち歩く必要がない。なぜなら俺たち自身が危険物だから。

中へと侵入した。予想以上に人が多い。魔獣とのふれあい会というわけのわからないイベントに、これほどの人数が集まるのか？

これもビーストマスターの存在が大きいのかもしれない。

さぁ、誰だ？

メガネの男は違うな。じゃあちっこい女が当たりか？　情報に間違いがある可能性もある。

どっちかが当たりか？

「さすがビーストマスター様ね」

「ええ、若いのにすごいわ」

二人とは異なる方向で話し声が聞こえる。

彼らの視線は上へ。どうやらアルゲンに乗っていたのがそうらしい。

ちょうど降りてきた。さっそく顔を拝むとしよう。

どんな性悪女か……。

「ゆっくり降りてくださいね」

「はい」

「……へぇ」

思ったよりも若い。

俺より年下か？

それにこの明るくてほんわかした雰囲気も予想外だ。もっときついイメージの女が出てくると思っていたのに。

「普通に可愛《かわい》いな」

割と好きなタイプかもしれない。ちょっとテンションが上がる。

話しかけてみるか？

いやいや、俺は別にナンパしに来たわけじゃないんだ。でも声はかけたほうがいいだろう。

これも調査、調査の一環。

「あの――」

近づいて声をかけようとした瞬間、恐ろしいほど鋭い視線を感じる。しかも一つじゃない。

周囲から複数、さすような視線。俺はビクッと震えて立ち止まる。

これは人間の視線じゃない。

「ま……」

魔獣たちが俺を睨《にら》んでいる？

どうして？

俺、まだ何もしてないんだが？

まさかもうバレたのか？

俺が他国の間者で、彼女のことを探りに来たって。

「っ……」

俺はビビって後ずさる。さすがにありえないと思いつつも、魔獣たちは野性の勘が働く。

加えてここにいるのは彼女のテイムした魔獣たちだろう。

本能的に俺が敵だと気付いた可能性はある。

「どうかされましたか？」

「あ、いや、特にぃ!?」

目の前にビーストマスター？

なんで俺の前に？

というかいつの間に近づかれたんだ。

「顔色が悪いようですが」

「だ、大丈夫です。ちょっと驚いてしまっただけですから。こんなにも魔獣が集まっているなんて信じられなくて」

「そうなんですか？　でも……」

彼女はじっと俺を見つめる。

なんだ？

まさか……彼女は俺に興味があるのか。

それはそれで……ありだな。

「お兄さん、同業者さんですよね？」

「……へ？」

まさかバレた？

「なっ……」

俺は動揺した。気のよさそうな女性の一言に。

「なんの……話ですか？」

同業者……そう言ったのか？

ありえない。数秒言葉を交わした程度で俺の正体がバレたのか？

一体どうやって？

俺はまだ何もしていない。

ポゼッシャーとしての力を一度も行使していない。

「あれ？　違いましたか？　同じ匂いを感じたので、てっきりそうだとばかり」

「に、匂い？」

え、俺って臭いのか？

おかしいな。ちゃんと毎日シャワーを浴びているんだが……。

クンクンと自分で嗅いでもわからない。

自分の匂いだからか？

「そんなに動物臭いですか？」

「いえ、そういうわけじゃなくて。なんと言えばいいんでしょう。私たち調教師は、聖霊や悪魔と契約したり、魔獣を従えているので普通の人間とは違った独特な魔力を宿すんです」

彼女は説明を始める。それについては知っている。

俺だってポゼッシャーのはしくれだ。だが普通、魔力なんて見えないし感じることもできない。ましてや他人の魔力なんて……。

まさか――

彼女は知覚できるのか？

他人の魔力の性質を。

「お兄さんからは、私たちと同じ感じがしたんです。えっと、たぶん悪魔かな？　あ、決してお兄さんが悪魔みたいと言っているわけではありませんので！　気を悪くされたらすみません」

「いや、別に……時々言われるので平気です」

「え、そうなんですか？」

「まぁ同僚に。お前は悪魔みたいな時があるなと」

口から出まかせだが、今ので確信した。

彼女は感じている。他人の魔力を。本来わかるはずのないものが彼女には理解できている。

俺が契約しているのは悪魔が多い。まだ一度も見ていないのに、俺の手札の種類まで当ててしまった。

彼女は本物だ。若く可愛い見た目をしていても、規格外の力を秘めている。

まったく困ったな。

ビーストマスターっていうのは、どいつもこいつもイカレている。

「……」

「お兄さん？　やっぱり顔色が悪いようですが……」

「気にしないでください。ただのちょっとした寝不足です。仕事が忙しくて」

「お仕事ですか。大変ですね……しっかりお休みになられてください」

彼女はニコリと微笑《ほほえ》む。とてもやさしくて明るい表情だ。

きっと本人の性格を表しているのだろう。

俺が知っているもう一人の、性悪なビーストマスターとは対極。だけど、同じだ。彼女もまた、秘めた力の大きさがあふれ出ている。

さっきから……。

周囲の魔獣たちが睨んでいるのも、おそらくその一つだろう。

彼らは気づいているんだ。俺が普通の人間ではないことに。主《あるじ》であるビーストマスターに近づく俺を、いつでも食い殺せるように備えている。

おかげで俺は一歩も前に出られない。

彼女が俺に近づくにつれ、魔獣たちの警戒が上がっていく。

完全に囲まれてこの間合いだ。俺が憑依を発動させるよりも早く、彼らの攻撃が届く。

呼吸することすら緊張する。

あの女からは調査優先で、可能ならば攫《さら》ってこいと言われているけど……。

「……無理だろ」

俺はぼそりと呟《つぶや》く。

まったく隙がないんだ。本人は優しそうで簡単に攫える気はするけど、周りがそれを許さない。

少なくとも彼女の領域内では、彼女に手出しできない。

帰りたい。ものすごく帰りたい。でもここで何もせずに帰ったら、今度はうちの性悪ビーストマスターに何をされるかわからない。

どうせ逃げ道はないんだ。

突っ込むならこっちの優しくて可愛いビーストマスターにしよう。

「あの、ビーストマスター様はどうしてこの国にいらっしゃったんですか？」

覚悟を決めた俺は、彼女から情報を聞き出すことにする。

俺の質問に彼女は眉をピクリと動かした。

「それはその、いろいろありまして」

「いろいろですか？」

「はい」

彼女は苦笑い。やはり何か他人に言えない事情があったのか。

上手《うま》く探れるかどうか……。

「セントレイク王国で何かあったのですか？」

「大したことじゃありませんよ」

「そんなことはないでしょう。国を移るなんて相当な覚悟が必要です。しかもあなたはビーストマスターだったんですから」

「あはは……まぁ、ちょっと仕事が上手くいかなかった……？」

彼女は視線を逸《そ》らしながらごまかす。詳しい事情は話すつもりがないようだ。

仕事が上手くいかなかったという理由も、現状を考えれば誰でも予想できる。

俺が知りたいのは、いろいろの部分なんだが。さて、どうやって聞き出すか。

「お兄さんもお仕事が忙しいんですよね」

「え、ああ、はい」

「今日はお休みなんですか？」

「いえ、そういうわけじゃ……」

しまった。ここは休日だというべきだった。

咄嗟《とっさ》に本音が。

「じゃあこの後はお仕事なんですか？」

「そんな感じです」

「大変ですね。眠れていないとおっしゃっていましたけど、お仕事の量が多いんですか？」

「多いですね。明らかに一人じゃ終わらない量だったり……責任が重すぎる仕事を一人で任されたり」

ため息が漏れる。口に出してしまうと余計に空《むな》しい。

どっと疲れる。

今だって本当は休みを貰《もら》ってのんびりと……。

「そうなんですね。次のお休みはゆっくり休んでください」

「次はいつになるかわかりませんね」

「そんなに……休む時間もないのは辛《つら》いですよね。自分の時間はとれないし、仕事以外のことを考える時間もないですから」

「そうなんですよ。次の休みは何をしようなんて考えられない。一つ仕事を終えても次の仕事がすぐにくる。疲れているか、なんて聞いてもくれない」

「わかりますその気持ち。周りはみんな休んでいるのに、自分だけ職場に残るんですよね」

「それですよ！　なんで俺だけって思っても口にできない」

なんだ？

なんなんだこの人は……？

どうしてこんなに共感してくれるんだ？

「俺も何度かお願いしたんです。もう少し仕事を減らせないかって。そしたらあの性悪女……だったらクビにするって脅すんですよ？」

「ひどい。ちゃんと働いている人に向かってそんなのあんまりですね」

「本当にそうで。けどお金がないと生きていけないから仕方なく……今だって本当なら休みなのに、わざわざ遠い国まで遠征させられて」

自分でも驚くほど本音が漏れる。

疲れているのだろう。苛立《いらだ》っているのだろう。

誰にも共感してもらえなかったから、こうして頷《うなず》いてもらえるだけで嬉《うれ》しくて。ついつい言葉に出てしまう。

もはや制御できなくなっていた。

「あの女、ビーストマスターじゃなかったら絶対出世できてないですよ」

「ビーストマスター？」

「そうですよ。あなたと同じ……あっ」

言ってしまったことを後悔する。

さすがに今の発言は、言い訳できないな。

◇◇◇

「……」

「……」

空気がとても重たい。

仕方がないことだけど、正直この場にいたくない。けど、私も当事者だ。

話がつくまではこの場から離れられない。神妙な表情で、リクル君は尋ねる。

「それで、どこの国のビーストマスターに仕えているんだ？」

「……」

「黙っていても仕方がないだろ？　もう確定しているんだぞ？　お前が他国からうちに送り込まれたスパイだってことは」

「……まぁそうですよね」

彼は視線を逸らしながら答える。

私が会場で話していた男性は、どうやら他国から私たちの国を調べに来た人だったらしい。

同じ力を持つ者の雰囲気はあったから、もしかしてとは思ったけど。

予想外ではあった。まさか彼の口から、私以外のビーストマスターについて語られるとは。

沈黙が長くなる。しびれを切らすように、リクル君は口を開く。

「世界にいるビーストマスターは三人。各国を転々とする傭兵《ようへい》、現在はソーズ王国に雇われているレグルス・バーミリオン。ウエスタン王国の女性ビーストマスター、イルミナ・

ヴァンティリア。そして最後の一人が、隣にいる彼女だ」

リクル君と視線が合う。私は自分以外のビーストマスターに会ったことがない。

どんな人物なのだろう。

「その中で女性は二人、つまりお前が仕えているのはウエスタン王国だな」

「……わかってるなら聞かないでくださいよ」

「確認だよ。念のためにな」

「……」

「で、目的はなんだ？」

リクル君が低い声で尋ねる。

男性は小さくため息をこぼし、諦めたように笑う。

「それこそ聞くまでもないでしょ？　俺に与えられた任務は、この国に移ったビーストマスターの調査ですよ。同じビーストマスターを擁する国としては、把握しておきたい情報ですから」

「それだけか？」

「ええ、まぁ……一応は可能なら、攫って来いとは言われてましたよ。実際は隙がなくて絶対に無理でしたけどね」

リクル君がピクリと反応する。

隣にいて、怒りの感情が感じ取れる。しかしすぐに落ち着いて、彼は冷静に尋ねる。

「情報を持ち帰ってどうするつもりだったんだ?」

「さぁ? そこまでは俺も教えてもらってませんよ。あくまで俺の任務は調査なんで、その後のことは上がやることですよ」

「そうか」

リクル君はじっと彼を見つめる。

「お前、急に口が軽くなったな」

「そりゃ諦めますよ。この状況、どうしたって任務は失敗ですからね。仮に戻っても減点食らってこっぴどく怒られるだけ。行けど戻れど地獄確定ですよ」

彼は完全に諦めてしまっている様子だった。全身から諦めの感情がにじみ出ている。

「ほら、もう俺に話せることはないですよ。さっさと拘束して牢屋《ろうや》にでも入れてください。こっちの国は甘いですね。普通スパイなんて見つけたら、その場でぼこぼこにして拷問ですよ」

「お前が危害を加えていたらそうなっていたかもな」

「怖いなぁ……じゃあまだ、俺は運がよかったな」

そう呟きながら悲しい目をしている。

彼は敵国のスパイだ。けど、なんだか可哀《かわい》そうに思えてしまう。

会場で話したことを思い出して。

「そちらの宮廷もひどかったんですか？」

「え？」

「セルビア？」

「ごめんリクル君、なんだか気になって」

私がそう言うと、リクル君は呆《あき》れたように笑う。

彼は道を譲るように口を閉じ、視線を男の人に向ける。

「まぁ酷《ひど》かったですよ。パワハラばっかりで休みもないし、無茶な依頼も多いし、これだってそうでしょ？　重要な任務を俺一人に任せて、失敗したら全部俺の責任ですからね。そりゃ、信頼してもらってるってのはあるんですけど、うちの上司は俺のことを道具としか見てませんから」

「上司……ビーストマスターさんですか？」

「ええ、直属の上司があの女です。ホント強情でプライドが高くて面倒で、自分以外を見下してるのが丸わかりでしたよ。同じビーストマスターでも、あんたとは雰囲気がまったく違いますね」

そんなに違うのだろうか？

尚更《なおさら》どんな人物なのか興味は湧いてくる。ただ、仲良くはなれそうにないな。

それにしてもこの人……。

「似てますね」

「全然似てませんよ。あんたとあの女は、見た目から違う」

「そうじゃなくて、私たちがです」

「え？」

彼はキョトンとした顔を見せる。意味はわからないだろう。彼は事情を知らないのだから。

「リクル君」

「話してもいいぞ」

「まだ何も言ってないよ？　というかいいの？」

「ああ。どうせこの様子なら、自国に戻るって選択肢はなさそうだからな」

私の意図を察したリクル君はそう言ってくれた。だから私はまっすぐ彼に視線を合わせて、自分のことを話す。

何度目かわからない不幸な話を。

「実は私も、前の国でいろいろあったんですよ」

話を聞いている最中、彼は目を丸くしていた。

驚いた理由を口に出す。

「そんなこと……ビーストマスターが？　立場弱すぎじゃないですか」

「はい。でも事実ですから」

「……だから似てるって」

　私はこくりと頷く。

　似ている。上司に、職場に振り回されてきたこと。休みなく仕事に追われて、それ以外のことを考える余裕すらなかった。

　あの頃の私と、今の彼はよく似ている。だから放っておけないと思ったのかもしれない。

「私がこの国に来たのは、リクル君と再会できたからです。おかげで今はとっても幸せですよ」

「……羨ましいな」

「だったらお前もうちで働くか？」

「え……ええ!?」

　リクル君の提案に彼は盛大に驚く。

　ビックリするのも当然だろう。でも私は、彼ならそう言ってくれる気がして。

　密《ひそ》かに期待していた。

　彼は動揺する。リクル君の何気ない一言に。

「ちょっ、え？　本気で言ってるんですか？」

「ああ。帰れないならうちで働けばいい」

「いや……意味わかってるんですか？　俺がここで働くってことは……つまり……俺に国を裏切れって言ってるんですよ」

　彼は息を呑《の》む。

　リクル君は小さく、短く呼吸を一回。真剣な表情で彼に語る。

「そういうことになるな」

「……」

「もちろん強制じゃない。お前に祖国を思う気持ちがあって、たとえ不幸な未来が待っていようと戻りたいと言うなら、俺たちも相応の対応をするだけだ」

「……まさか、逃がしてくれるっていうんですか？　スパイ活動をしていた俺を？」

　リクル君は答えない。ただ不敵な笑みを浮かべ、彼を見つめる。

　彼は苦笑いをしながら下を向く。

「はは……甘すぎでしょ、だとしたら」

「別に甘くはないさ。もうお前の顔は割れた。そっちがどういうつもりなのかも把握している。対してこちらの情報はそこまで握らせていない。今のお前を逃がしたところで、うちにさしたる不利益はない。むしろ俺たちが一番困るのは……お前が国にも戻らず、どこかへ消えることだ」

リクル君は語る。

もし仮に、彼をこの場で逃がしたとしよう。そして彼が国へ帰らず、姿を晦《くら》ましたとしたら？

相手からすれば、私たちに気付かれて捕らえられたと思うだろう。

私たちは国へ戻ったと思っているから、状況の把握が遅れる。

次は偵察なんて生ぬるいことではなく、侵略に移行する可能性だってある。

勝敗はともかく、多くの犠牲者が出るだろう。それは一番避けなければならないことだった。

「つまり俺に、ここで調査を続行していることにして時間を稼げって言ってるんですか？」

「そういうことだ」

「そんなの時間稼ぎにしかならないですよ。いずれ必ずバレる」

「だとしても時間が作れる。戦いに備えるだけの時間が……それは極めて重要なことだ。大きな戦いになるのなら、一分一秒を無駄にできない」

リクル君は真剣な眼差《まなざ》しでそう語る。

戦い……戦争。私の脳裏には悲惨な光景が浮かぶ。

以前、リクル君や陛下が懸念していたことを思い出す。私がこの国に来たことで生じる影響は、いいことばかりではない。

今、こうして他国の間者が国に入り込んでいるように……。

私という存在をめぐって、争いが始まることだってある。もし、私のせいで戦争なんてことが起こるなら。

その時は……。

「余計なことを考えているな」

「え？」

リクル君が私に尋ねる。

「自分のせいで戦争になるとか思ってるだろ？」

「あ……うん」

図星だった。私の考えはリクル君にお見通しだったようだ。

私は目を伏せ、黙り込む。

「勘違いするな。お前を引き入れたのは俺の選択だ。もしそうなったとしたら、責任は全て俺にある」

「それは違うよ！　私が選んだんだ。リクル君の国に来ることを」

「選ばせたのは俺だ。だから勝手に一人で考え込むな。そんなことせず、お前は堂々としていればいい。かの国だってビーストマスターがいるのに戦争は起こっていない。その理由は単純、戦ったところで勝てないと思わせているからだ」

圧倒的な兵力をビーストマスターは持ち得る。それ故に、国々から警戒される。

願わくはその力がほしい、だけど戦って奪うなんて考えられない。

そんなことをすれば、得られる物と同等以上の犠牲を払うことになるとわかっているから。

それほどビーストマスターは絶対の存在とされる。

私も、その一人だった。

「戦いになるのが怖いなら、そうならないようにお前の存在をアピールするんだ。この国にはすごいビーストマスターがいる。だから勝てないぞって、伝えればいい」

「……うん」

私は頷く。そう、私にできることはそれしかない。

私の存在が争いを生むなら、私がその抑止になればいい。それだけの力を私は持っているのだから。

「……とにかくこっちも時間がほしい。だから選べ。ここで働くか、それとも戻るか。戻る場合は最後まで見届けさせてもらうぞ」

「……本気なんですね？」

「何度も言わせるな。それに、一人目じゃない」

リクル君の視線が私に向けられる。

私は気の抜けた笑みをこぼす。そう、一人目じゃない。私も同じような境遇で、この国にやってきた。

もっとも私の場合は、国を追い出されて途方に暮れていたところを、彼に助けられたのだけど。

「なるほど。ビーストマスターの引き抜きに比べたら大したことない……か」

彼は笑う。諦めたように、吹っ切れたように。

少しだけ楽しそうな笑顔だった。

「わかりましたよ。そっちの要求を呑みましょう」

「それじゃ――」

「ただ一つ、条件があります」

「条件？」

彼はニヤリと笑みを浮かべる。

どんな条件を口にするのか、緊張が走る。

「ちゃんと休みはくださいね」

「――そんなことか」

「重要なことなんでね」

「ふふっ、確かに重要ですね」

休みを貰えなかった人間として、その気持ちはよくわかる。

だとしたらこの裏切りは、彼にとって快適な生活に繫《つな》がるはずだ。

私がそうだったように。

「改めまして、俺はアトラス・シーベルトです。これからよろしくお願いします。リクル殿下、ビーストマスター、セルビアさん」

「はい。こちらこそ」

「期待してるぞ。アトラス」

こうして一人、宮廷調教師が増えた。彼を仲間に引き入れる選択が私たち、この国にとって何をもたらすのか。

まだ私たちにはわからない。だけど、この時すでに歩き始めていたのだろう。

もしくは運命かもしれない。この二週間後、私ともう一人のビーストマスターは邂逅《かいこう》する。

◇◇◇

「イルミナ様、ノーストリアに潜入中のアトラスから定時報告が来ております」

「ありがとう。確認するわ」

「はっ、失礼いたします！」

男は去り、イルミナはテーブルに置かれた資料に目を通す。

そこに記されていたのは情報。ノーストリアのビーストマスター、セルビアに関する報告書だった。

「ふぅーん、なるほどね」

記されている内容は、セルビアがノーストリアにやってきた経緯。なぜ彼女が国を渡ったのか。

セントレイク王国に問題があったことが書かれている。

同じビーストマスターでも、国によってこうも扱いが違うのかと、イルミナは多少の同情心を抱く。と同時に、彼女が再び国を裏切る可能性があることも理解する。

国の待遇に問題があったのならば、同様のことがノーストリアでも起こりうる。

そこに付けいる隙があると考えた。

「ちゃんと仕事はしているみたいね」

彼女は報告書をテーブルに置く。事情について書かれているだけで、セルビアの能力に関する記載はなかった。

報告書の結びには、このまま調査を続行すると記されている。

「なら、期待して待ちましょう」

アトラスは今も任務を遂行している。と、イルミナは信じた。

実際はスパイ活動を見破られ、寝返っているのに。彼女は気づけない。

なぜなら微塵《みじん》も思っていないから。自分が裏切られることなんてありえない。

彼らは従順に、自身の手足となって働いてくれると……心の底から思っているから。

◇◇◇

「——というわけで、新しい宮廷調教師のアトラスだ。お前たち、仲良くしてやってくれ」

「……まじっすか」

「信じられませんね。まさか、他国の間者を引き入れるなんて」

リリンちゃんとルイボスさんの視線がアトラスさんに向けられる。

アトラスさんは小さくため息をこぼす。

「そこは俺も同感ですよ」

と、呆れたように一言漏らす。

リクル君の口から現在に至る事情は説明されている。だから二人とも唖然《あぜん》としていた。

当然の反応だと思う。

私のことを調査するために送り込まれたウエスタン王国の人間を、あろうことか仲間に引き入れたんだ。

普通に考えたら正気じゃない。だけど、リクル君にはちゃんとした考えがあって、私やアトラスさんはそれに同意している。

無茶ではあるけど、無茶苦茶ではない。

「念を押しておくが、このことは俺たちしか知らない極秘事項だ。くれぐれもここにいる人間以外には教えるなよ」

「わ、わかってるっすよ。さすがに話せませんって」

「そうですね。むしろ話したところで信じてはもらえないと思いますが……」

「それならそれでいい。とにかく頼むぞ。俺は仕事に戻る」

リクル君は忙しそうに部屋を出て行ってしまった。きっと私たちには見えないところで頑張ってくれているのだろう。

彼にこれ以上負担をかけないように、私もしっかりしなきゃ。

「アトラスさん、自己紹介をしてもらえますか？」

「そうですね。お二人とも初めまして。先ほど紹介された通り、元ウエスタン王国の宮廷調教師をしていたアトラス・シーベルトです。スパイ活動をしていたら二人にバレて、こっち側に寝返ることになりました」

「……さ、さらっと言うっすね」

「信用しても大丈夫なのか？」

「別に信用してくれなくても大丈夫ですよ。俺もそっちの立場なら疑うでしょうからね」

彼は気さくに話す。寝返ることを選択してから、彼の雰囲気は変わった。

重しでもとれたかのように軽い口調で話す。

「けど、俺にもうウエスタンへ戻る気はまったくないんで。ここが居心地よければ、ずっと働かせてもらえたらとは思ってますよ」

「そこは私が保証します。きっと元の場所に比べたら天国だって思いますよ」

「ははっ、説得力が違いますね」

「それなりのことを経験してますから」

休みのない過酷な労働の日々。私とアトラスさんは仕事という面で、共通の認識を持っている。だからこそ、私は彼がそこまで怪しいとは思わない。

なぜなら私たちが求めているのは、人並みの余裕と幸福だけなのだから。

「それじゃ、さっそくお仕事を始めましょう。アトラスさんには私が教えます」

「よろしくお願いします。セルビア先輩」

「せ、先輩はやめてください。なんだか恥ずかしいので」

呼ばれ慣れていないとつい恥ずかしくなる。でも、嫌な気分じゃない。

「お二人は普段通りにお仕事をしていてください」

「わかった。手が必要になったらいつでも声をかけてくれ。僕たちも手伝おう」

「ありがとうございます」

「了解っす」

こうして一日のお仕事が始まる。といっても特別なことをするわけじゃない。

テイムした生き物たちの餌やりに始まり、運動させたり、身体《からだ》に問題がないかチェックしたり。

どの国の宮廷調教師も同じ仕事をするだろう。

「教えることはなさそうですね」

「まぁこのくらいなら、ウエスタンでもやってたんでね」

器具の場所さえ覚えてしまえば、私が伝えることはなさそうだ。

さすが大国で働いていただけあって仕事も速い。生き物たちとの接し方も心得ている。

「もう馴染《なじ》んでるっすね。メガネ先輩とは大違いっす」

「くっ……また負けたのか」

という二人のやりとりが聞こえてきた。ルイボスさんは頭を後ろから魔獣につつかれ遊ばれている。

それをからかうリリンちゃん。

「賑《にぎ》やかですね」

「いつもですよ」

「へぇ……うちとは大違いだな。ウエスタンの宮廷は、なんというか殺伐としてたんで」

「それだけ大変だったんですね」

「……まぁ、みんな出世したくて必死だったんですよ。俺も含めて」

彼は肩の力をすっと抜く。

「ここはいいですね。穏やかで、落ち着く」

「私もそう思います」

第八章

アトラスさんが宮廷に入り一週間。大国の間者だった彼がいきなり仲間になる。なんて、普通に考えたら上手《うま》くいかないと思うだろう。

寝返ったといっても信用できない。心から仲良くするなんて……できない。

「おい後輩！　先輩はお茶がほしいっすよ」

「……」

「聞いてるっすか！　お茶！　お茶を淹《い》れてほしいっす！」

「……はぁ……」

とことこと歩き、アトラスさんはお茶を淹れる。

アツアツのお茶を手に持ち、ゆっくり歩いてリリンちゃんのもとへ戻る。

「どうぞ」

「よくやったっすよ」

優雅にお茶を一飲み……。

「ぶふっ！」

したと思ったら吐き出した。

「なっ、なんすかこのお茶！　めちゃくちゃ苦いんすけどぉ！」

「それはもちろん漢方茶ですからね。心を落ち着かせる効果があるんですよ。ま、本来は十倍に薄めて飲むんですけどね」

「原液じゃないっすか！」

「先輩なんだから、後輩がせっかく淹れたお茶は全部飲んでくださいよ。はいこれ」

「ポットごと!?」

二人のやり取りを私とルイボスさんが見守る。

仕事をしながら。険悪な雰囲気だけど別に止めたりしない。

もう何度目かわからないから。

「ウチは先輩っすよ！　先輩を舐《な》めてるんすか！」

「舐めるわけないじゃないですかー。ちゃんと先輩を立てたんですよ。先輩ほどすごい人なら、これも原液で飲めるでしょ」

「どういう基準っすか！　だったら他の人にも配ってほしいっす！」

「そうですね。じゃあちゃんと薄めて」

「原液でって話っすよ！」

「は？　何言ってるんですか？　これは原液じゃなくて十倍に薄めるって話したのに。もしかして耳が遠かったですか？」

「先輩を馬鹿にするんじゃないっすよぉ！」

見ての通り、リリンちゃんはアトラスさんに遊ばれていた。

先輩の威厳を見せようとするリリンちゃんを、アトラスさんが軽くあしらいからかっている。

元他国の宮廷調教師。私の、この国の内情を探りに来たスパイ。この場にいる全員が、彼がどういう存在なのか理解している。

その上で接した結果が……。

「ちょっと先輩、まだ飲んでないですよね？　ちゃんと全部飲んでくださいよ」

「飲めるわけないっすよ！」

「……ふっ、やっぱり子供だな」

「誰が子供っすか！　飲んでやるっすよこれくらい！　……ぶっ、苦い！」

完全に打ち解けていた。特にリリンちゃんとの軽快なやり取りは、ルイボスさんが相手の時よりキレがある。と、私は勝手に思っている。

隣でルイボスさんがメガネをくいっと動かす。

「まったく、二人とも仕事に集中してください」

「そうですね、すみません。この先輩（仮）がからかってきて集中できないんですよ」

「誰が仮っすか！　ちゃんと先輩っすよ！　よその国から来たばっかりの癖にその態度は

なんすか！」

「先輩でも敬うべき相手は区別するもんですよ。大国の宮廷にいれば、人を見る目は自然と養われますからね。そうですよね？　セルビア先輩」

「え？　ああ……なんとなくは？」

私は苦笑いをしてしまった。

あんまり自分の仕事以外で人と関わらなかったから、正直人付き合いとかは苦手だし、誰がどういう人かなんてすぐには見抜けないよ。

私がこの国で上手くやれているのは、ここの人たちが優しくて、わかりやすい人たちだったからだと思う。

そういう意味じゃ、アトラスさんもそうだ。

「随分馴染《なじ》みましたね」

「ですね。自分でもビックリしてますよ」

「馴染み過ぎなんすよ。ウチはまだ信用してないっすからね！」

「ルイボス先輩、こっちの書類終わりました」

「ありがとう。さすが仕事が速い」

「いえいえ、これくらい朝飯前です」

「無視するなー！」

宮廷の一室はより賑《にぎ》やかになった。たぶん、アトラスさんは他人との距離感を測るのが上手いのだろう。

一日ごとに会話の数が増えて、相手に合わせて接し方を変えて、あっという間に私たちの輪に馴染んでいた。

もちろんそれだけじゃない。さすが大国で働いていただけあって、あらゆる仕事が速くて正確だった。

彼一人の加入で、仕事効率が大幅に上がるほどに。

「アトラス君が入ってくれて正直かなり楽になった。書類仕事なんか、基本は僕がやらないと終わらなかったんだ。リリンはミスが多すぎてね」

「だと思います。大雑把そうですもんね」

「そんなことないっすよ！　ウチは繊細な女の子っすから！」

「じゃあ繊細で大雑把な人ってことで」

隣でリリンちゃんは、さらっとまとめるなと怒っていた。信用していない、とか言っていたけど、これだけ素で接することができているんだ。

相当心を許しているのだろう。

それに……。

「楽しそうだね。リリンちゃん」

「なっ、別に楽しくないっすよ！」

「ふふっ」

「いつも立場が逆だからね。こうして彼女がからかわれている様子を見るのは中々面白い」

「セクハラで訴えるっすよ、メガネ」

「せめて先輩はつけてくれ……」

こっちの二人の力関係は相変わらずだった。

その様子を見ながらクスリと笑う。笑った声が、アトラスさんと重なって視線が合う。

「セルビア先輩」

「先輩はやめてください。私のほうが年下ですし、働いている時間も短いですから」

「じゃあセルビアさん。ここの人たちはみんな甘いですね。俺なんかを簡単に受け入れちゃって、ほんと……気が抜けますよ」

「ふふっ、そうかもしれませんね」

でもそれが、この国の人たちの美点だと私は思っている。きっと彼も同じように思ってくれるだろう。

私に似た境遇の彼ならば、ここは天国に違いないのだから。

◇◇◇

定時報告書。現在ノーストリア王国の宮廷に潜入調査中。対象との関係値を築き上げ、徐々に情報の抽出を進める。

長期的な滞在が必要となる。

短く簡潔にまとめられた報告書に目を通すのは、ウエスタン王国のビーストマスターであるイルミナだった。

彼女は報告書をテーブルに置き、じっと見つめる。

「時間がかかってるみたいね」

アトラスを送り込んで、すでに十日以上が経過していた。

本来の予定では三日から五日間で終え、ウエスタンへ帰還するはずだった。

相手はビーストマスターだ。相応の覚悟と慎重さが必要になることはわかっている。しかしそれを差し引いても、アトラスであれば容易に情報を入手できるとイルミナは考えていた。

彼が契約している悪魔の能力なら、気づかれずに王城の奥深くに侵入することも容易だ。

だからこそ彼を選んだ。

勤勉で、能力があると見込んでいたから。

「……」

だがしかし、その信頼に疑念が湧きだす。報告書はちゃんと届いている。

内容もわずかではあるが進展していた。

順調……そう見える。

彼女が抱いている違和感は、ほとんど直感に近かった。

疑う要素は今のところ薄い。それでも彼女は疑う。己が全ての彼女は、その感覚に従う。

「【サモン】――フラウロス」

彼女が召喚したのは地獄の悪魔。七十二柱存在すると言われている悪魔の一柱。現れたのは凶暴なヒョウの見た目をして、瞳は炎のように燃えている。

この悪魔の能力は――

「フラウロス、この手紙に書いてあることは真実？」

質問に必ず正しく答えること。それが本当であれば何もせず、嘘《うそ》であれば瞳の炎が赤から青へと変化する。

フラウロスの前では、どんな嘘もバレてしまう。

たとえ手紙であっても。

炎は揺らぎ、赤から一部が青く変化する。

「……そう」

変化の意味は、真実と嘘の混在。全てが真実ではなく、全てが嘘でもない。

フラウロスにわかるのは真偽のみ。

細かい真意までは見抜くことはできない。しかし嘘が交ざっているという事実は発覚した。

フラウロスは魔界へ戻る。

「嘘と真実……確かめるしかなさそうね」

自分自身の目で。

そう考えた彼女はおもむろに立ち上がる。

ついに動き出す。もう一人のビーストマスターが。

◇◇◇

予感、というより共感だろうか。そういうものがある。

異なる存在と繋《つな》がる力を持っている影響だろうか。目に見えなくとも感じるものがある。

遠く離れた地で、何かが起こっている。

そんな夢を見て、目覚めた。

「……準備しなきゃ」

いつものように朝の支度を済ませて仕事場へ向かう。

変な夢を見たせいか、少しだけ気分が沈む。

「セルビア」

「リクル君」

そんな私を彼は呼び止めた。廊下でバッタリ彼と出会うなんて久しぶりだ。

ここのところ忙しそうで、あまり話す時間をとれなかったから嬉《うれ》しい。

「今から仕事か」

「うん。リクル君も？」

「まぁな」

「忙しそうだね」

「お互い様だろ？　そっちこそ、今日でイベントは終わりだ」

今日まで……ああ、そうだった。私たちが開催している触れ合いのイベントも、今日が最終日になる。

アトラスさんが加わったことで、イベント中のお世話がしやすくなった。

その代わりにリクル君は仕事が増えたみたいだ。

いつ大国が動き出すかわからない。今のうちに備えておかないと、いざという時に国民を守れない。

彼はそう言って、夜遅くまで仕事をしている。

「無理しちゃダメだよ？」

「ははっ、そのセリフをお前に言われる日が来るなんてな」

「茶化さないで。心配してるんだから」

「ああ、わかってる」

彼は優しく、嬉しそうに微笑《ほほえ》む。

「ありがとな。セルビア」

「どういたしまして？」

そう返すと彼は笑った。少しは元気になってくれただろうか？

もう少し話していたい気分だったけど、お互いに仕事がある。

名残惜しいけど、そろそろ行かなきゃ。

「イベントが終わったら色々話そう。俺もそれまでには終わらせておく」

「うん。ゆっくりしよう。一緒に」

「そうだな」

一緒に話がしたい。そう思っていたのは私だけじゃなかったみたいだ。

嬉しさを胸に、私は仕事場へ向かう。

最後のイベントを成功させるために。

◇◇◇

飼育場で生き物たちに餌やりをする。

静かで大人しい生き物ばかりで、手もかからない。

ここは本当に……。

「居心地がいいな」

もうすぐ二週間になる。

俺がこの国に来て、スパイだとバレて、まさか雇われることになるなんて夢にも思わなかった。けど、これでよかったと思っている。

この国での生活は快適で、同僚も優しくて本当に満足だ。

今さら地獄みたいなウエスタンの宮廷には戻りたくない。

ただ……不安はあった。いつまでも彼女を、あの性悪女を騙《だま》し続けられるはずがない。

いずれ必ず、俺の裏切りは露見する。

そうなれば俺は……いや、この国の人間が危険だ。

「なんとかしなきゃな」

俺だけの問題じゃない。イベントも今日で終わりらしいから、その後でリクル殿下や彼女にも相談しよう。

一人で考えていても埒《らち》が明かない。

そう、これが終わったら——

「ん？」

ブーンと虫が飛ぶ。飼育場には糞《ふん》も溜《た》まる。虫がいるのは当然だが、今日はやけに多い。

それも糞の周りよりも、俺の周りに集まっているような……。

「俺って臭いのか？　だったらショック……いや」

違う。こいつらはただのハエだ。彼女の手札には、あの魔王がいる。

「まさか！」

彼は気づく。すでに悩むには遅すぎたことを。

飼育場の生き物たちがざわつきだす。

この時、王城の空には……召喚陣が展開されていた。

◇◇◇

違和感。

「……」

触れ合いイベント最終日。いつも通りに仕事をする。来てくれている人たちも笑顔で、とても有意義な時間を過ごせている実感はある。

だけど、この違和感は何？

「ねぇママ、さっきからハエがいっぱい飛んでるよ」

「気にしないの。これだけ動物がいるんだから、ハエくらい集まるわ」

「ハエ……」

そういえば、さっきから私の周りを何匹か飛んでいる。

虫なんて魔獣たちの世話をしていたら頻繁に見かけるし、気にもしていなかった。

子供の声をきっかけに気にし始める。確かにちょっと多い。

飲食類の販売もしているせいだろうか？

それにしては、私の周りに集まっているような……。

「――？　どうしたの？」

私が連れてきた魔獣たちが、グルグルと唸《うな》っている。こっちを見ているようで、私に対してじゃない。

お客さんに向けての威嚇でもない。

ハエに？

改めて飛んでいるハエを意識する。

別に普通のハエだ。テイムやサモンで生じる他者の魔力は感じない。

小さすぎて感じ取れていない……というわけでもなさそうだ。

普通のハエに敵意はない。しかしなぜか、意志を感じてしまう。

私の周りばかり飛んでいるのも、私を見ているから？　だとしたらこのハエたちは……。

「ハエ……ハエ……ハエの王？」

ある大悪魔が思い浮かんだ直後だった。

今度は疑いようもない。膨大な魔力の流れを知覚し、誰よりも早く空へと視線を向ける。

そこに展開される巨大な召喚陣。召喚が開始される前に、私はそれがなんなのか理解する。

「なんだ？　演出か？」

「姉さん！」

「セルビアさん、これは？」

「私じゃありません！」

その一言に、周囲の人たちへ緊張が伝播《でんぱ》する。直後、召喚陣は光を放ち発動する。

現れたのは予想通り、禍々《まがまが》しく黒いオーラを纏《まと》った巨大な……ハエ。

「お母さん見て！　でっかいハエ！」

「っ……」

子供は無邪気に指をさす。しかし大人は感じ取っていた。

あの巨大なハエが、ただの虫ではないことを。そして私たち調教師は誰よりも危機感を抱いていた。

知らないはずがない。

悪魔たちがいるとされる地獄。そこに巣くう王と呼ばれる個体……あれはそのうちの一つ。

ハエの王――

「ベルゼブブ」

ハエの王は叫ぶ。

全身から無数のハエを召喚して、黒い波となって会場に押し寄せる。

「結界の展開を！」

会場の警備をしていた騎士団長さんが叫んだ。

彼の指示によって王城を守る結界が展開され、ハエは阻まれる。

この結界は敵対者の侵入を防ぐ。普通の人間や私たちがテイムした魔獣たちは問題なく出入り可能な結界だ。

リクル君が急ピッチで用意してくれたものがあってよかった。

「今のうちに避難を！　戦闘は極力回避せよ！」

「リリン、セルビアさん！　僕たちも避難に協力しよう」

「了解っす」

「はい！」

問題は結界の外に出てからだ。

この結界もいずれ効果が消える。それまでに皆さんを安全な場所へ移動させなければならない。

ここで考えるべきは敵の狙い。

会場を襲うために召喚された？　だとしたら狙いは、会場に集まっていた人？

しっくりこない。直感だけど、違う気がする。

「……アトラスさん」

そうだ。

彼は無事だろうか？

この襲撃の犯人はおそらく、大国ウエスタンの……。

だとしたら彼の身も危ない。

「セルビアさん！」

「アトラスさん？」

ちょうど彼のことを考えていたタイミングで、彼のほうから私たちのもとへ駆け寄ってきた。

全力で走ってきたのだろう。ひどく呼吸を乱し、焦っている。

「よかった。無事だったんですね」

「来たなら早くするっすよ！　今からみんなを誘導するっすよ！」

「違う……そうじゃない！　彼女の狙いは会場に来ていた人たちじゃない。俺たちだ」

「え？　どういう――」

直後、結界の一部に穴が開く。

ハエは小さい。小さな穴が一つ開けば、そこから流れ込む。

大量のハエが向かったのは逃げようとする人々……ではない。

迷いなく、ハエたちは私たちのもとへ。

「こっちにくるっすよ！」

迫るハエたちの前に、魔獣が立ちふさがる。

危険を察知して私たちを守ろうとしてくれている。

「助かったっす……」

「今のうちに守りを固めるんだ！　住民の避難は騎士たちに任せればいい」

「でも万が一そっちにハエが行ったら」

「わからないのか？　あの女の一番の標的はあんただぞ！」

アトラスさんは焦り顔でがしっと私の肩を摑《つか》む。その力強さに心臓が締め付けられる。

緊張と、不安。上空にいるハエの王は、ハッキリと私のことを見ていた。

「……だったら尚更《なおさら》守っているだけじゃダメです」

「え?」

「狙いは私……なら、私があれの相手をします」

「姉さん!?」

「本気なのかい!」

リリンちゃんとルイボスさんが同時に驚く。

私は大きく頷《うなず》く。

「あれを倒さない限りハエは増え続けます。どっちみちそれ以外に方法はありませんから」

「で、でも」

「俺は賛成だ。あれを召喚したのはおそらく……いや、間違いなくうちのビーストマスターだろう」

アトラスさんは言い切る。彼がそう言うなら間違いない。

私もその予感はしていた。ハエの王を召喚できる人なんてそういない。

「彼女の相手ができるのは、同じ力を持った……」

「私だけですね」

「ああ」

だったら迷うことはない。リクル君がこの場にいたら、きっとこう言うだろう。

お前がやれると言うのなら信じる。

だから……勝ってくれ。

「私があれを倒します！　みんなも自分の身を守ってください！」

私はアルゲンを呼ぶ。一匹ではなく群れで、その内の一匹に乗って空へと上がる。

結界を抜け、対峙《たいじ》する。悪魔たちを束ねる存在……ハエの王と。

◇◇◇

「大丈夫っすか？　姉さん」

「わからない。だが……」

「今は彼女を信じるしかない。俺たちは自分たちのことを優先するんだ。狙われているのは彼女だけじゃないぞ」

ハエはまだ周囲にいる。すでに半数の人間が退避したことでスペースも生まれた。

俺が予想した通り、逃げた人たちをハエは追っていない。

やはり間違いなく狙いは俺たちだ。

「今のうちに護衛を呼べ」

「わかってるっすよ！　おいでケルベロスちゃん！」

彼女の最大戦力にして相棒、三つ首の獣ケルベロス。

戦力としては十二分。その隣のメガネの先輩は召喚陣を展開させる。

【サモン】――アクアドルフィン」

召喚されたのは水の聖霊。大気の水を操ることができる。

ハエを捕らえて退けるなら効果は抜群だろう。これで二人の守りは万全……と言いたいところだが足りない。

なにせ相手は……。

「ホントにそっちのビーストマスターなんすか？」

「にわかに信じられないな。これは侵略戦争と変わらないぞ」

「そういう女なんですよ……あれは」

合理性、理屈は通じない。圧倒的な力を持っているが故の余裕と傲慢さ。

彼女は国を救った英雄だと言われている。だけど実際は少し違う。

侵略をしかけたのは彼女からだった。彼女は国を守るためではなく、他国を蹂躙《じゅうりん》して手に入れるために戦った。

結果的に敵対していた他国を打破し、国を大きくすることに繋がっただけだ。

彼女は英雄なんかじゃない。いかれた破壊者だ。

(破壊者とは心外だわ)

「――!?」

今の声……まさか。

「イルミナ様?」

(そうよ。貴方《あなた》にだけ直接話しかけているわ)

「……そういう悪魔もいましたね」

(周りの子には聞こえていないわ。貴方も聞かれたくはないでしょう?)

「ちょっと後輩! どうしたんすか? なにぼーっとしてるんすか?」

「……」

俺はリリンから一度視線を逸《そ》らし、目を瞑《つむ》る。

「俺を殺しにきたんですか?」

(そんなことしないわ。貴方は優秀なポゼッシャーよ。今までよく働いてくれたわ。裏で何を考えているかは別としてね……)

俺の不満には気づいていたのか。だから余計に強く当たっていたのだとしたら……。

「性格悪いですよ、あんたは」

（ふふっ、その発言も聞かなかったことにしてあげる。今ならまだ、許してあげるわ）

「どういう意味です？」

（わかっているでしょう？　貴方は優秀だもの。私が何を求めているか）

そうだ。簡単にわかる。彼女の狙いは、この国にいる調教師を誘拐することだろう。

その手助けを俺にしろと言っているんだ。すぐ隣では群がるハエとケルベロスが戦っている。

アクアドルフィンも水の膜を作り、ルイボス先輩を守っていた。

（悩む必要なんてないわ。どちらがより優秀か……どっちの国につくほうが安全か、賢い貴方なら理解しているでしょう？）

「……」

召喚術のメリットは、姿をさらす必要がないこと。これほど目立つ動きをしても、犯人を断定することができない。

自分ではないと言い張れば、絶対に違うとは言えない。彼女もそれを理解して、姿を見せず俺に接触してきたんだ。

確かに今なら、国に戻るという選択もある。

ここで二人を捕まえて、ビーストマスターも確保できれば、俺の裏切りも帳消しになってボーナスくらいはもらえるだろう。

「いつまでぼーっとして、うわ！」

「リリン！」

ハエを操っているのは彼女だ。瞬時に防御が手薄な相手を理解し、攻撃をリリンに集中させる。

ケルベロスは強力だが大きすぎる。ハエほど小さい的だと、全てを退けることは難しい。

必然、リリンの周りにハエが数匹届く。そのハエはただのハエではなく、ベルゼブブによって強化されている。

彼女のもとへたどり着いた直後、巨大化して襲い掛かる。テイマーである彼女は戦えない。

「【ポゼッション】――サルガタナス」

ったく、何考えてるんだ俺は。

「……へ？」

「世話の焼ける先輩だな」

俺は彼女を抱きかかえてハエから救った。ポゼッションを発動した影響で、瞳の色は紫色に変化しているだろう。

俺を見上げる彼女の瞳に、俺の紫の瞳が映っている。

「どうやって……助けたんすか？」

「こうやって」

迫るハエ。俺は視線の先に転移して躱《かわ》す。

悪魔の旅団長サルガタナス。有する能力は多彩。うち一つが、この瞬間移動能力だ。

（裏切るつもりかしら？）

「あいにくですけど、もうとっくに裏切ってるんですよ。あんたの誘惑は巧みだけど、俺はもう知ってる。ここが天国で、そっちが地獄だってことを」

（……いいのね？）

「もちろん。俺はもう、この国の宮廷調教師……つまり、あんたの敵だ」

◇◇◇

……下が騒がしい。この感じ、たぶんアトラスさんが憑依《ひょうい》を使ったんだ。だったら大丈夫。私はこっちに集中しよう。

「ハエの王……初めて見る」

すごい迫力だ。みなぎる魔力も、普通の魔獣とは桁が違う。一緒にいるアルゲンたちじゃ……勝てない。

「運んでくれてありがとう。もう大丈夫だよ」

元より彼らで戦おうなんて思ってはいない。これほどの相手なら、私も使うべきだ。

テイム、サモンに連なる第三の使役術、ポゼッションを。

相手は王。なら、私が憑依させる相手も決まっている。

お願いします――

「【ポゼッション】――」

「サタン」

私の身体《からだ》に悪魔が取り憑《つ》く。魔界を統べるもう一人の王。悪魔の中の悪魔が。

『余を呼び出すか……人間』

周囲を見回す。上空、目の前には煩わしいハエの王。ニヤリと笑う。

『そうか。久々に余を呼び出した理由はハエ退治か』

（すみません）

『ふっ、謝る必要はなかろう。余も応じた。ハエごときが王を名乗るなど……余が認めておらんのでな』

（じゃあ、お願いできますか？）

『そのために来た』

ハエの王が叫ぶ。空気が軋《きし》み、恐怖は伝播する。

王都の人々が震え、怖がっているのがここまで伝わる。

『騒ぐなハエ。お前のような羽虫は——燃えて死ね』

魔界の王サタン。かの王の力は単純にして最強。無尽蔵の魔力と、圧倒的な魔法センス。

言葉だけで発動した魔法によって、炎の渦が生成される。

ハエの王が生み出した眷属《けんぞく》ごと燃やし尽くす。

同じ王、魔界を統べるもの。しかし圧倒的な差が生まれている。

その理由はひとえに、召喚者の力量。召喚術によって呼び出された場合、消費する魔力量の多さで強さが決まる。

『ふっ、不完全な顕現では余には勝てん。諦めよ、ハエの王』

対してこちらは憑依。私の魔力を使い、魔王サタンは連続で炎を放つ。

ハエの王ベルゼブブはなすすべなく燃えつき、消滅した。

『つまらんな』

(ありがとうございます)

『よい。退屈凌《しの》ぎにはなった。余は戻るぞ』

「——はい」

わずかな憑依だけど、サタンを憑依するのは魔力の消耗が激しい。

ただ、これで終わりじゃない。私はビーストマスターとして、この国の人々を守る責任がある。

だから果たそう。その責任を。

「【サモン】、ウロボロス」

大蛇の魔獣ウロボロス。有する能力は時間の回帰。人々はハエの王によって恐怖を覚えてしまった。

せっかく楽しい触れ合いの時間も、恐怖で上書きされた。だから戻す。

彼らが恐怖を感じる前に、記憶を巻き戻す。

「リクル君には……あとで説明しないとね」

対象は王都に住まう人々。王城にいる人間には作用しない。

説明と周知は、後々必要になってくる。

「これで……終わり」

時間の回帰は済んだ。人々はすでに忘れてしまっているだろう。

ハエの王の恐怖も。

「ふぅ……」

私はアルゲンの力を借りて地上に降りる。ちょうど真下は誰もいない庭の隅っこだった。

サタンの憑依にウロボロスの召喚。

さすがの私も……。

「ヘトヘトね」

「――！　貴女《あなた》は……」

聞くまでもない。

彼女こそが私と同じ……。

「イルミナよ。アトラスから聞いているでしょう？」

「……やっぱり、貴女が召喚したんですね」

「ええ。あなたとアトラス、他の二人もまとめて攫《さら》ってしまうつもりだったのだけど……残念ね。アトラスには裏切られてしまったわ」

「そうですか」

アトラスさんは彼女の誘惑に打ち勝ったみたいだ。やっぱりこの国で働くほうが幸せだと、彼も思ってくれたらしい。

似た境遇の人間として素直に嬉しい。

「笑っているのは余裕かしら？」

「……どうしてここに？」

「決まっているでしょ？　今のあなたなら簡単に連れていけるわ。他はダメでもあなたさえ手に入れれば陛下も大喜びされるわ」

「……戦争をするつもりですか？」

「お望みなら、ね？　けど、この国が私たちの国と戦えるかしら？　あなたを失って」

それは……難しいだろう。私がいなくなれば、戦力の大半はウエスタンに移る。

そうなれば一強。ウエスタンが世界最大の国家になる。

誰も挑んでくることはない。

「安心しなさい。あなたは貴重な人材よ。だから丁重に扱うわ」

「……そんなこと望んでません」

絶望的な状況。それでも私は笑みを浮かべる。

「私の望みは、この国にいることですから」

「……そう、だったら力ずくで」

「それは困るな」

この声は――私は振り返る。

「リクル君？」

「第一王子……」

「ご苦労だったな、セルビア」

彼は私の隣に歩み寄り、ポンと軽く肩を叩《たた》いた。

優しい笑顔だ。見ているだけでホッとするような。

「何をしに来たのかしら？　ただの人間が」

「もちろん、彼女を守るために来たんだ。彼女は渡さないぞ」

「できると思っているの？　私はビーストマスターよ」

「そうだな。確かに無謀かもしれない……本体ならな」

彼女は眉をピクリと動かす。どうやらリクル君も気づいていたらしい。

目の前にいる彼女は本体ではない。おそらく悪魔の力で作り出した人形だ。

「気づいていたのね。いい目を持っているわ」

「それはどうも」

「けど、甘いわね。偽物の身体でも召喚術は使えるわ。だから……【サモン】――アンデッドリッチー」

死者の王を召喚するつもり？

だったら私が！

「【ポゼッション】――ウリエル」

「なっ……！」

召喚された死者の王は、まばゆい光によって一瞬で浄化された。

私じゃない。今の力は……。

「リクル君？」

憑依している。

リクル君に、神の使者……大天使が。

「第一王子が憑依使いだったの？　そんな情報どこにも」

「当然だ。誰も……父上も知らないからな」

声はリクル君のままだ。つまり能力だけを憑依させた状態らしい。

私は困惑する。当然、私も聞かされていなかった。

彼が憑依使いで、しかも大天使と契約しているなんて。

「いい機会だから覚えて帰れ。この国には彼女たちだけじゃない。俺もいる」

「くっ、ああああああああああああああ」

彼女は燃える。神の炎に包まれて。偽りの身体は燃え尽きる。

「これで終わり、だな」

「リクル君！」

「な、なんだでかい声だして！」

「ビックリしたよ。なんで憑依使いだって教えてくれなかったの？」

私は咄嗟《とっさ》に詰め寄った。

「驚かせたかったから黙ってたんだ。本当はこんな形で見せるつもりはなかったんだが
……まぁいいか。他の奴《やつ》らには言うなよ？　俺たちだけの秘密にしてくれ」

「うん。王子様が大天使の力を使えるなんて知ったら、きっと大騒ぎになるよ」

彼が力を隠していた理由は、ただ驚かせたかったからだけじゃないはずだ。

私はあえて聞かない。いずれ彼のほうから話してくれると信じて。

「さて、これから騒がしくなるな」

「そうだね」

これで完全に、ウエスタン王国とは敵対することになりそうだ。

平和な時間は……終わってしまう？

ううん、そうはさせない。日常を守るために、私はここにいる。

「守ってくれてありがとう。今度は、私が守るね」

「無茶せずにな。って、言っても無駄だろうけど……」

「ふふっ」

「まぁ、お互いに守り合えばいいさ。そのための力が俺にもある。だから頼っていいぞ。困った時は俺も頼る」

「うん。一緒に頑張らなきゃね」

一人は王子として国を守る。一人はビーストマスターとして国を守る。

守りたいものは、互いに同じだ。

この国を、平穏な日常を、幸せな時間を守り抜く。

そのために、今日を生きよう。

エピローグ

ノーストリア王国が魔王の襲撃を受けた事件は各国で報じられた。

ビーストマスターを手に入れた小国だったこともあり、それ以前から注目されていたことも理由に挙げられると思う。

王都の空を無数のハエが覆いつくし、人々に襲い掛かる。操るはハエの王ベルゼブブの顕現。

並の国では対処はおろか、ただ絶望を見ていることすらかなわない。そんな中、国を守るべく立ち上がったのは、ビーストマスターだった。

ノーストリアのビーストマスターは瞬く間に魔王ベルゼブブを撃退。国民への被害はなく、完全勝利をおさめた。

まさに最強にして至高の存在。ビーストマスターの前では、魔界の王すら膝をつく。

「……誇張しすぎじゃないかな？」

「それくらい注目を浴びてるってことだ。もっと喜べばいいだろ」

「よ、喜べないよ。恥ずかしいし……」

各国が報じた事件の記事がまとめられた資料に目を通す。どこもかしこも格好いい感じに脚色されていて、当事者としては恥ずかしくてたまらない。

一緒に執務室で見ているリクル君は、ずっと面白がって笑っていた。

あの事件から二日後。リクル君は事後処理が大変そうだけど、私はいつも通りの生活に戻っている。

国民の方々に私たちのことを理解してもらうための催しも、一応は成功させることができた。

もちろん、喜んでばかりもいられないけど。

「首謀者は不明……ってなってますね。俺のことも、さすがに書いてないか」

「証拠がないからな。もっとも、皆も薄々は感じているはずだ。魔王が自然発生することはありえない。そして、魔王を使役できる存在は限られている」

一緒に報告書を見ていたアトラスさんが、手に取っていた報告書をテーブルに置き、小さくため息をこぼす。

「あの性悪女のことだから、ウエスタンでも上手《うま》く誤魔化してるでしょうね」

「俺たちは正面から宣戦布告される可能性を警戒しているんだが、お前の目から見てどう思う？」

「うーん、五分五分ってところですかね。あの女の性格上、このまま放置するとは思えないです。ただ、国を挙げて攻めてくるかは微妙ですね。国王陛下は慎重な方ですから」

「慎重ねぇ、その割に今回は豪快だったな」

「あれは間違いなく、あの女の独断で動いてましたよ。まっ、そういう権利を与えられているから普通なんですが」

ウエスタン王国のビーストマスター、イルミナ・ヴァンティリア。私たちの国を襲った犯人は、私と同じ力を持つ存在だ。

国としての大きさも、かつてのセントレイクと同等かそれ以上。セントレイクが弱体化した現在、世界最大の国家と呼べる。

「とてつもない相手に喧嘩《けんか》を売られたものだな」

「……」

「ん？　あ、別にセルビアのせいじゃないからな？　勝手に悩んで落ち込むなよ」

「うん。けど、私にも責任はあるから」

以前にも陛下に指摘されたことだ。私がこの国に来ることで生じる影響は大きい。

世界に三人しかいないビーストマスターは、国にとって最大の戦力だ。本来なら、簡単に手放したりはしないし、他国からすれば手に入れたい人材でもある。

そういう意味で、今回は運がよかったのかもしれない。過酷な環境から抜け出し、リクル君と再会して、彼の国で働けている。

「運がいいな、私は……」

「どっちかというと、俺のほうが幸運だったんですけどね」

私のぼそっとこぼした独り言はアトラスさんに聞こえていたらしい。彼は元々、ウエスタン王国のスパイだった。

私たちに正体がバレて寝返った彼は、先の戦いでハッキリと、ウエスタン王国から脱し、私たちの仲間になることを宣言した。

元上司であり、ウエスタン王国最強の存在、イルミナ・ヴァンティリアに対して、啖呵《たんか》を切ったらしい。

「今さらですけど、本当によかったんですか?」

「よかったに決まってますよ。俺は国への愛着なんてなかったし、性悪女にこき使われて散々な目にあってましたからね」

アトラスさんはやれやれと首を振る。彼も彼でひどい仕事環境にいた。私も似たような経験があるから、心から同情する。

「あっちは地獄、こっちは天国ですよ。みんなが許してくれるなら、この先もノーストリアの宮廷調教師として働かせてもらいたいと思ってます」

「それはもちろん」

「ああ、お前の力が必要だ。今後も頑張ってくれ」

「はい。任せてください。セルビアさんに代わって、頼りない先輩たちは俺が守ってみせますよ」

アトラスさんは意地悪な笑顔を見せる。きっとこの場にリリンちゃんがいたら、誰が頼りない先輩だ、とプンプン怒ったはずだ。

ただ、ベルゼブブの襲撃の際、ピンチになったリリンちゃんを憑依《ひょうい》を使ったアトラスさんが助けてくれたらしい。そのことは悔しそうだったけど、感謝はしていた。

「そんじゃ、俺は先に戻りますね。話も終わったし」

「ああ、時間を取らせてすまなかったな」

「別にいいですよ、これくらい。いい休憩になりましたから」

アトラスさんは手を振り、執務室を後にする。本当なら私もそろそろ宮廷に戻る時間なのだけど……。

「空気が読める奴《やつ》だな」

「そうだね」

もう少しだけ、リクル君と話したいと思っていた。アトラスさんもその空気を察してくれたらしい。

「憑依の件、怒ってるのか？」

「別に怒ってないよ。ビックリはしたけど」

「ならいいけど」

「あと、心配はしてるよ」

私の真剣な眼差《まなざ》しに、リクル君もまっすぐに目を逸《そ》らさず向き合ってくれる。

「憑依が身体《からだ》への負担が大きいことは知ってるよね？」

「もちろん知ってる。強大な存在を憑依させるほど、負担が増すことも」

リクル君が憑依させたのは大天使ウリエル。光を司《つかさど》る天使では最上位に位置するような存在だ。悪魔で例えるなら、魔王と同等の存在と言える。

以前、レイブン様が大天使サリエルの力を憑依させたことがあった。制御が利かず、暴走するような事態になれば命を落とすこともある。

もっともリクル君の場合は、ちゃんと適性があって憑依を使っているみたいだけど。その証拠に、憑依の時間も短く、身体への影響を最小限に抑えている。

「まだそんなに憑依を使ったことないよね？」

「ああ、今回で三回目だ」

「やっぱり。だからわからなかったんだね」

憑依を何度も使っていると、アトラスさんのように魔力が変質して気配でわかるようになる。

天使の憑依でもそれは同じだ。ポゼッシャーには独特の雰囲気がある。こんなに近くにいて気づかなかったのは、まだ憑依を使った回数が極端に少ないからだ。

「まだ慣れていなくてね。初めて憑依を成功させたのは二年前だ。その時は、気力を一気に消耗して、一晩寝込んだよ」

「天使の力はコントロールが難しいからね。私は天使との相性がよくないから、いいアドバイスはできそうにないけど」

「心配してくれてありがとう。けど大丈夫だ。自分の身体のことは一番わかってる。そう無暗《むやみ》に使うつもりはない」

「そうしてもらえると嬉《うれ》しい」

リクル君の身体に何かあったら大変だ。彼が無茶をしなくていいように、私がもっと頑張らないといけないいな。

「だからって、セルビアが無理しすぎてもダメだぞ？」

「あ、うん」

見抜かれてしまった。彼は本当に、私の性格をよくわかっている。

「お前が俺やみんなを守りたいと思ってくれているように、俺もセルビアを守りたいと思ってるんだ。規格外な力に惑わされがちだけど、ビーストマスターも同じ人間だ。お前が国を、人々を守ってくれるなら、お前のことは俺が守ろう」

「リクル君……」

「それが、俺が力を使う理由になる。ダメだとは、言わせないぞ？」

「――うん。言わないよ」

私たちビーストマスターは、王国を守護する要であり、最高戦力だ。だからこそ、必要とされ、戦場に立つことも余儀なくされる。

心の中でみんな、私たちを頼ってくれる。それは嬉しいことだけど、みんな忘れている。

私たちも同じ、人間であることを。

呼吸をして、心臓が鼓動をうって、恐怖や不安だって感じる。どれだけ強大な力を持っていようとも、決して無敵の存在ではない。

彼が初めてかもしれない。

私のことを、守ると言ってくれた人は……。

「私はやっぱり運がいいよ」

「散々な目にあってきてるのにか？」

「それでも、私はここにいる。リクル君の国で、みんなと一緒にいられる」

不幸は数えきれないほど経験してきた。自分の立場を、力を呪ったこともある。だけど、私は巡り合えた。

心から一緒にいたい。頑張りたいと思える場所に、人々に。

「リクル君」

「なんだ？」

「私を見つけてくれて、ありがとう」

「ははっ、こっちのセリフだよ」

あの日、リクル君と再会できたことを、私は生涯忘れないだろう。

あとがき

初めまして皆様、日之影ソラと申します。まず最初に、本作を手に取ってくださった方々への感謝を申し上げます。

ビーストマスターという規格外の才能を持つ存在でありながら、周囲からのパワハラに耐え、婚約者は動物嫌いで浮気までしている。ついには国外追放までされて、と散々な目にあいながら、運命の再会を果たし、慌ただしくも楽しい日々を過ごしていく様子はいかがだったでしょうか？

少しでも面白い、続きが気になると思って頂けたなら幸いです。

これまでお仕事ものの作品も多く執筆してきましたが、本作はその中でも動物、生物をメインにしている作品になります。

人間同士の関係性だけでなく、仲間の動物や魔物たちとのやり取りや、種族を越えた信頼という部分も楽しんでいただけたらと思います。

完全に私事ではありますが、昨年から猫を二匹家族として迎え入れました。今年でちょうど二匹とも一歳になります。

動物と一緒に暮らすというのは、大変な部分も多々ありますが、毎日に新しい刺激が加わっていいですね。人間とは何もかも違いますが、一緒に生活していく中で、お互いの距離が近くなっていくのを感じます。

特に作家という職業は、決められた時間に出勤するという概念が存在しないので、昼夜逆転になりがちです。私も以前はそうでしたが、猫を迎え入れてからは、午前中の決まった時間には起きるようになりました。

そういう意図のために飼い始めたわけではありませんが、結果的に執筆時間も確保され、以前より仕事効率も増した気がします。

まさにいいことばかり。う○ちを足につけて走り回ることがなければ完璧ですね！

特に片方はわんぱく過ぎて大変です。そこが可愛さでもあるので、これからも二匹と一緒に、毎日楽しく締切に追われる生活を頑張ります……。

最後に、素敵なイラストを描いてくださったm／g先生を始め、書籍化作業に根気強く付き合ってくださった編集部のYさん、Sさん。ＷＥＢから読んでくださっている読者の方々など。本作に関わってくださった全ての方々に、今一度最上の感謝をお送りいたします。

それでは機会があれば、また二巻のあとがきでお会いしましょう！

二〇二三年八月吉日　日之影ソラ

この本を読んでのご意見・ご感想・ファンレターをお待ちしております。
〒104-8357 東京都中央区京橋 3-5-7
（株）主婦と生活社 PASH！文庫編集部
「日之影ソラ先生」係

PASH！文庫

※本書は「小説家になろう」(https://syosetu.com)に掲載されていたものを、改稿のうえ書籍化したものです。
※この作品はフィクションであり、実在の人物・団体・法律・事件などとは一切関係ありません。

宮廷のビーストマスター、幼馴染だった隣国の王子様に引き抜かれる

～私はもう用済みですか？　だったらぜひ追放してください！～

2023年8月14日 1刷発行

著　者　**日之影ソラ**
イラスト　m/g
編集人　山口純平
発行人　倉次辰男
発行所　株式会社主婦と生活社
〒104-8357 東京都中央区京橋 3-5-7
［TEL］03-3563-5315（編集）03-3563-5121（販売）
03-3563-5125（生産）
［ホームページ］https://www.shufu.co.jp
製版所　株式会社明昌堂
印刷所　大日本印刷株式会社
製本所　株式会社若林製本工場
デザイン　小菅ひとみ（CoCo.Design）
フォーマットデザイン　ナルティス（原口恵理）
編　集　山口純平、染谷響介

　Printed in JAPAN ISBN 978-4-391-16043-7